小説

露月と子規

SAKIGAKE

工藤 一紘

さきがけ文庫

目次

〈表紙カバー写真〉
「正岡子規最後の肖像写真」（１９００年12月24日撮影＝写真提供・正岡明氏）
「自宅書斎の石井露月」（１９２０年６月16日撮影）

〔付記〕俳誌「ほとゝぎす」の誌名は、創刊時の松山版は「ほと、ぎす」であった。その後、東京版は「ホト、ギス」となったが、本書は基本的に「ほとゝぎす」か「ホトトギス」とした。その誌名の変遷はホトトギス社ホームページ「目次集」によって確認した。

小説　露月と子規

第一章　出会い

第一節　根岸庵

「どうじゃ、露月の嫁にならんか」

子規は庵で妹の律にそう話を向けた。露月とは秋田から上京して正岡子規に師事している俳人・石井露月（本名・祐治）のことである。

律はそれまで二度結婚し、いずれも離婚している。最初の夫は従兄弟の陸軍将校、次は松山中学の地理の教師だった。

「ノボさん何をいいよる、リーさんの気持ちも聞かんと。露月さんだって、国にいい人ござるかもしれんのに」

母親の八重はやんわりと話題をそらす。律は黙って火箸で囲炉裏の灰をならしているが、露月に対して、

――人として温もりがある。

と感じていた。

「ノボさん」とは「升《のぼる》」という子規の本名である。「リー」は律のこと。どちらも八

重がつけた愛称だ。

そんなやり取りがあったのは明治二十九年九月二十六日のことだが、その日はまず幾人もの訪問客があった。

「いま、たれが来ておいでるのぞい」

は子規の声である。

「露月さんです」

律が教えると、子規は無邪気に喜んだ。

「相変わらずの獺祭《だっさい》じゃ」

子規は散らかっている部屋をこう呼ぶ。川獺《かわうそ》というイタチ科の動物が、その巣に雑多な魚を集めて貯蔵する習性をなぞらえているのだ。

子規庵にはさらに、

「お頼みィ」

といいながら続々と人が入ってくる。

佐藤肋骨《ろっこつ》、河東碧梧桐、福田把栗《はりつ》、内藤鳴雪、高浜虚子、竹村秋竹《しゅうちく》といった常連の顔である。お互いに、

「やあ、やあ」

と、笑顔を見せる。その中に鳴雪だけ図抜けて年長で、子規に二十年早い。肋骨は近衛連隊中に子規庵句会の常連になった。杷栗は和歌山出身の「日本」新聞社員である。秋竹は後の金沢の北国俳壇の選者である。

最近は子規庵句会も頻繁で、あらたまった挨拶もないが、露月だけは久しぶりだ。いや、露月だけではなかった。露月は日記に「鷗外も来たりき」と記した。作家・森鷗外である。

句会の間、八重と律が何度かお茶を入れ替えた。八重は小柄で目鼻立ちの整った女性である。律は美人とはいい難いが、

――いのちの輝きがある。

と露月は感じている。

露月にとってこの日の森鷗外との出会いは奇遇といえたが、子規と鷗外は前年四月に日清戦争の従軍先で対面していた。鷗外はもちろん近衛師団の「第一軍団軍医部長森林太郎」としてである。

子規は鷗外の博識に感銘を受けた。鷗外も根岸へ度々足を運ぶようになった。

鷗外はこの年の明治二十九年一月に「めさまし草」を発行。演劇を含む幅広い分野

で評論活動を始めている。

さて句会では「猪の句」をめぐり露月と子規、鷗外との間に面白いやりとりがあった。

秋風の猪病んで死なんとす　露月

渋柿や猪隣村へ来る　子規

鷗外は露月の句について、

「この句には美と叙情があるな」

と言う。文学の理想をめぐって五年前、坪内逍遥と「没理想論争」を繰り広げた鷗外だが、持論にゆるぎない自信がみられた。

子規の句を採ったのは、露月と碧梧桐だった。

「渋柿の句に　審美の眼とは違った面白さがあるス」

と、露月が口を開いた。無口な露月としては珍しいことだった。明治三十一年からの「蕪村輪講《りんこう》」（輪読会）でもそうだが、露月が口を開く場面は極めて少ない。審美の眼とは、「美」と「醜」を識別し、文学作品を論じる鷗外の評論の立場であった。

だが、子規は、

「それはこじつけじゃがな」

と反論する。

すると鳴雪が自慢の顎髭《あごひげ》を揺らしながら、ゆったりと、

「ふ〜ん、どっちもエエ句じゃ」

と言うと、満座にどっと笑いが広がった。子規庵の運座はいつもこうした自由な雰囲気に満たされた。

この日、子規は八句を採ったが、うち三句は露月の句だった。

「露月の句は変わったのう」

子規の目が光る。露月の句に大きな飛躍があることを見逃がさなかった。

露月がこの日、神田の下宿に帰ったのは深夜も十二時近かった。俳句から医業へ転じようとしたときに訪れた「俳句開眼」ともいえる瞬間を、露月は噛みしめている。

露月が子規庵を訪ねたのは、十月初めの前期医師試験を受験するため、四度目の上京を果たした中での貴重な一日だった。

東京駅に着いたのは九月十四日である。駅に降りたった露月は、

「ありゃ」

と思わず声を上げそうになった。

九カ月ぶりの上京だが、文明開化の首都の変わりようの速さに驚いたのである。根岸の界隈も何やら騒々しい。


そして再び二十六日の子規庵。子規の体調は良さそうだった。

「うん、句会は久しぶりじゃ」

と露月は張り切る。

羽織を十三円で新調して八銭の巻煙草を買い、料金二銭の馬車を利用し、神田から根岸を訪ねた。露月の参加で、句会は華やいだ。句会の会費は十五銭である。

「お頼みィ」

露月は大きな声で呼び掛ける。「お頼みィ」とは伊予の俳句仲間の挨拶言葉だが、いつの間にか露月にも移ってしまったらしい。

子規庵は二畳の玄関の間があり、その奥が八畳の客間、その左手南面の六畳間が子規の書斎となっている。玄関脇に三畳と四畳半それぞれの部屋があり、母の八重と妹

の律が使っていた。

玄関と書斎は筒抜けで、障子が開くと律の顔が現れた。

露月と律は互いに、

「あっ！」

と言ったきり顔を赤らめ、絶句する。

露月は玄関先に立ち尽くしている。律の後ろから八重が顔を覗かせ、二人の様子を興味津々な眼差しで見ている。このとき、露月は二十四歳、律は二十六歳である。

露月、子規ふたりの出会いは二年前に遡《さかのぼ》る。

第二節　明治二十七年　春

明治二十七年の新春。樹々の芽は確かな膨らみ見せ始めている。

昨年秋に初めて上京したばかりの露月だったが、慣れた足取りで浅草三筋町の街角に立っていた。

「江戸の匂いだ！」

露月はなぜか直感的にそう感じた。

三筋町は東に蔵前と隅田川、南は鳥越神社に出る。

初売りの賑わい、客寄せの甲高い売り子の声、神社参りで往来する人力車といった喧騒が、賑やかな職人の多い下町ならではの江戸の風情として、露月には感じられたのかもしれない。静かな田舎の正月とは異にする都会の風景とあって、露月には珍しくて仕方がない。

浅草区東三筋町の澤医院の調剤生。それが露月の身分である。

露月の背丈は小さく、骨格も屈強には見えない。しかし、前方を見つめる丸顔の目は若者特有の理想に燃える輝きが宿っている。

彼が見つめる先には何かがある。その手に握られた新聞に理由《わけ》がありそうだ。

彼には毎朝、待《ま》ち焦《こ》がれて読む記事があった。「芭蕉雑談」である。露月は夢中で読んでいる。作者は「獺祭書屋《だつさいしょおく》主人」。正岡子規の別号だが、このときの露月にはまだ、その人がどういう人かわからない。

明治二十六年、子規は二カ月に及ぶ生涯最長の「はて知らずの旅」ののち、十一月十三日付の「日本」新聞から「芭蕉雑談」の連載を開始した。二十七年は一月三日から再開している。

子規は、

「芭蕉の俳句は単に自己の境涯を吟詠せし者なり」

「井蛙《せいあ》の観る所三尺の天に過ぎず」

などと書いている。

露月には、その文章の切れ味がたまらない。

——月並俳句とは、どんな俳句のことだべ。

露月は、合点のいかない時の癖で鼻の頭を押した。

実は上京して早々に、露月は大久保余丁町の坪内逍遥の門をたたいたものの断られ、失意の日々を過ごしていた。

浅草三筋町の医師のもとで鬱々《うつうつ》としていたある日、朗報が飛び込んできた。秋田尋常中学校（現秋田高校）の同期の友人で早稲田の専門学校（早稲田大学）に学ぶ麓乙介《ふもとおとすけ》からだった。麓は北秋田郡比内扇田の人で、生家は後に蓑虫山人《みのむしさんじん》が最も長く逗留した比内町の旧家として知られる。その朗報とは、

「友達の友達に正岡子規という人物の従弟がいる。日本新聞の記者で、俳句欄を担当している。紹介してやってもいいと言っているが、どうする」

とのことだった。

麓の友達というのは長田という人で、その友達とは子規の従弟で藤野古白《こはく》という人だという。藤野古白は子規の母・八重《やえ》の妹・十重《とえ》の子。松山から上京、早稲田大学で文学を学んでいた。子規が獺祭書屋主人その人である、ということも麓から聞かされた。

露月は、

「すぐ紹介してもらいたい」

と、ためらわず返事をした。

だが、あまり期待してはいなかった。坪内逍遥を紹介されたときは直接会いに行ったが、事がうまく運ばなかったからだ。今度は間に何人も介在しているのだから、期待外れに終わるだろう、と。

ところが、子規から「会っても良い」との返事が来た。

——麓のお陰だ。

露月にはすぐ分かった。麓は、文士になりたい、という露月の希望を伝え、露月の作品を渡したうえで、適当な仕事を世話してくれるように頼んでくれたのだ。

麓から露月の気持ちを聞いた友人長田がそれを古白に伝え、麓を子規に会わせてくれた結果であった。
——古白というお人はなんと律義な方なんだべ。
一度も会っていない古白を露月は強く意識した。
子規も人との出会いを大切にするところがある。初対面の麓の話を丁寧に聞いてい
るうちに、露月という人物に興味を持ったらしい。
「露月という人、なんぞ面白そうじゃなもし……」
だが、就職を世話するにしても、それなりの段取りがあって即答はできない、後日
返事をする、ということでその日は終わった。
そして四月五日、麓のもとへ子規から封書が届いた。

先日お話した件につき、社に帰って相談したところ不都合の事あり、その運に至ら
ず残念に思います。しかし、そのうち機会あり次第、何とかお世話をしたい。
その旨を石井君にお伝えいただきたく。
右要用のみ
四月五日　正岡生
麓兄　几下《きか》

なお石井君の小説、文章には気概があって面白いのですが、小説は主観的過ぎ、文章には角があるように見えます。一層ご勉強なされたく、ついでにお伝えください。

何と、但し書きまで付いている。が、露月は子規からのこの返事には喜んだが、体よく断られたと思った。友人たちもそう思っていた。

しかし、六日後の四月十一日午後、次の手紙が露月に届いた。

至急、お話し申し上げたきことあり、ご来光これ祈る。午前なら拙宅、午後なら八時以後は宅へ帰っております。

とのことである。露月の胸に再び希望が膨れ上がった。

――一度も面識もない自分を、こんなにも気に掛けてくれている人がいる。

露月は興奮のあまり、その夜はほとんど眠れないでしまった。

翌朝、早々に起床した露月は仕事を片付け、根岸まで歩いた。何度か道を間違え、根岸に着いたのは昼を過ぎていた。正岡家の近くで、また道が分からなくなった。

根岸は道路の狭い横町が多い。同じような黒板塀が並んでいて、最初は迷子になる、と聞かされていたが、本当だった。

露月は、

「あのう、正岡さんの家はこの近くでねすべが」

と、通り掛かりの人に尋ねた。

すると、

「ああ、石井君ぞなもし」

と、向こうから声を掛ける人がいる。

露月もすぐに子規だと気が付いた。子規は出社のために家から出たところであった。

「まあ、お上がり」

子規はすぐに引き返して露月を家に招《しょう》じ入れた。

二人は火鉢を差し向かいに座った。子規は露月の身の上話を聞いた。子規はといえば、露月の羽後訛《なま》りを楽しみ、時折出る伊予訛りに愛嬌があった。

初対面の露月を旧知のように扱い、露月の秋田弁にも興味を抱いたらしい。二人は瞬く間に意気投合した。

露月は脚気を病んで秋田中学を中退したこと、高尾山のこと、女米木《めめき》のこと、祖父・与惣右衛門のことなどをポツリポツリ語った。子規の前にいると、なぜか露月の気持ちが開放的になった。

「『小日本』は『日本』の代わりじゃ」

子規が最初に口を開いたのは、そういうことだった。「小日本」は度重なる新聞「日本」の発行停止処分に対抗するため、代替紙《だいたいし》として発刊されたもので、子規が編集長であった。

「小日本」は明治二十七年二月十一日の紀元節に発刊された。「家庭的な」新聞を具体化する編集方針であったが、「無頼の外人を国外に放逐せよ」などの過激な社説を連日掲げ、露月の入社直前の四月十二日には発行停止処分を受けていた。

「日本人の文章力をどう高めるか、それが新聞の役目ぞな」

子規は、陸羯南《くがかつなん》社長の考えだ、と幾分語気を強めた。「上品な家庭向きの新聞」という真意もそこだ、とも言った。

文化欄、学芸欄は当時の新聞の走りともいうべきものだった。子規の入社に合わせて新設した俳句欄が爆発的な人気を得たことで、羯南は、この欄に社会面の要素を加えて新たな新聞「小日本」の発行を決意したのであった。

「『日本』はアシの東京での後見人、陸羯南社長が創刊した新聞ぞな」

子規がそう語り続けている間、母八重と妹律が何度かお茶を入れ替えてくれた。そして子規の話は終わったが、露月が仕事に就けるかどうかはまだ分からない。

とはいえ、露月は子規の誠実な話しぶりから、

——あの人ならきっと身の立つようにしてくれる。

なぜか、そう思った。理由は分からない。露月には露月しかない受け止め方があった。

折しも浅草十二階の凌雲閣《りょううんかく》が露月の目に飛び込んできた。英国人バルトン設計の総レンガ造りであり、日本最初のエレベーターが動いているのが見えた。ふと落ちついて我に返った露月に一句が浮かんだ。

行春や我故郷へ三百里

露月は生涯に編んだ句（明治二十七年から没年の昭和三年まで）として九千二百九十一句を遺したが、この一句はこの頃のものだ。

さて、「小日本」は四月十三日から十八日まで発行停止を食らっていた。

露月のもとに子規から正式な採用の通知が発送されたのは発行停止中の十六日であ

る。その封書は十七日の昼前に配達された。

先日お話申し上げました件、おおかたできそうになり、よって明日（十七日）午後、
本社までご来光ください。

そう書かれている。

子規が翌日を面接日に指定したのは、その日決まったことを少しでも早く現実のものにしたかったからであった。

就職の決まった露月はすぐさま「小日本」にほど近い駿河台鈴木町一六の杉山嘉一郎方に下宿を決めた。

露月は勇躍して新聞社に向かった。駿河台は駿河と関係が深い。徳川の家臣団を呼び寄せ、住まわせたことで開かれたと伝えられる。

日本新聞社は神田雉子町にあった。日本橋川に架かる橋があって雉子橋と呼ばれた。その由来は江戸時代、橋のたもとで朝鮮通信使の接待用の雉子が飼われていたことによるという。

「小日本」の社屋から路地を入った所に土蔵があって、そこを借りて分室とし、そ

の二階に「小日本」の編集室があった。

子規は露月を案内してくれたが、そこで社長の羯南と引き合わせてくれた。

「ほうか、秋田から出てきた石井君とは君かね。最初は慣れない仕事で大変と思うが、子規君に任せてあるから、教えてもらってくれたまえ」

羯南は泰山のようにどっしりした物腰の人で、語り口も優しかった。

羯南にしても初対面の露月に好意を抱いたようだった。

子規は露月を本社の編集局、校正の部屋、植字場や輪転機械室、事務室など案内してくれた。編集局に入ると編集主任の古島一雄から、

「ああ、君は子規君にだいぶ気に入れられたようだね。社はやりくりが厳しい現状だが、子規君がそれほど買っている人なら採用してみようじゃないか、ということで決まったんだよ」

と耳打ちされ、露月は天に昇るような心地であった。

梅が香や机の上の萬葉集　露月

露月が子規に就職を依頼するとき、友人の麓に予め預けておいた一句だった。

子規の目にも届いたのだろうか。麓は面談前に露月の俳句や文章を、根岸に出掛けて子規に手渡してくれていた。そうした熱のようなものが子規に伝わらないはずがない。

――うん、麓に感謝しなくては。

と、露月は強く思った。

やがて「小日本」社は「日本」新聞社の編集局内では狭すぎるということで、神田淡路町の蕎麦屋の二階をそっくり借りることになった。

友人の画家の中村不折も「小日本」社の下宿屋近くに住んでいた。貧乏で強情で耳の遠い不折だが、露月とは不思議に気が合った。露月は口が重いが、八歳上の不折も無駄口をたたかない。その二人がすぐに友達になった。露月には妙に人に好かれるところがある。露月が不折から六朝風の書の手ほどきを受けたのもこの頃である。

いつの間にか不折が記者の似顔絵を書き上げたらしく、所狭しと貼られている。新聞社の壁に張り出した似顔絵には羯南や子規、そして露月のものもあった。

「面白い新聞社だナ」

露月は似顔絵を見比べながら、心をときめかせた。なぜか身体の芯のようなところがカッと熱くなった。

しかし、楽しさは長続きしなかった。暑さが加わるにつれて疲れが残るようになったのである。

――また脚気の再発だナ。

露月は同僚には口にせず、手紙で子規に相談した。子規の返書はすぐ届いた。

お手紙の趣は承知しました。郷里に帰って療養するもよし、転地するもよし。もし転地するならば房総あたりだと費用が安く上がると思う。金が無いならば、貴兄の本月分の俸給の前借りぐらいは出来るでしょう。

入社して僅かなのに、子規の動きの速さに露月は驚いた。しかしまもなく、その訳がわかる。

「乳兄弟の清水則遠《のりとう》も脚気で急死じゃ。松山中学の数学の天才じゃった」

「ふーん」

「石井君、脚気は衝心症《しょうしんしょう》がいちばん怖いぞい」

「今のところ手足のむくみやしびれはあるが、衝心症ではないス」

「則遠も同じことを言いよったが、まもなく容体急変じゃ」

則遠の死は明治十九年四月十四日のことだった。子規の幼児期、母八重の乳の出が悪く、子規は筋向いの則遠の母からもらい乳して育った。則遠が明治十七年春上京して下宿屋に入って後、子規はしばしば則遠との同室を好んだ。

常に微笑みを絶やさず、悠々と落ち着いている則遠と気が合ったのだ。友人として葬儀の一切を取り仕切った子規は、則遠の遺品の角帽を故郷の両親に送る細やかさを見せた。

露月はといえば、子規の口添えで俸給を前借りすることができた。新聞社に入って五カ月目の八月二十日、房州（現千葉県南房総市）の千倉温泉への湯治に出発した。千倉温泉は以前に療養したことのある子規の勧めだった。

「湯治場は房州半島の突端に近い。気候も景色もええ所じゃ。特に海の幸がなんとも美味じゃ。千倉の漁師は伊豆七島から遠く東シナ海まで出漁するぞな」

子規は三年前の房州の旅を昨日のごとく懐かしむ。

初秋や房州の雑魚《ざこ》喰ふてこよ　子規
浦人よ初秋の雑魚ありやなしや　露月

露月の脚気の症状はなかなか回復しなかった。一人海楼（海辺の温泉場）で打ちひしがれて過ごす毎日の暗い心境を、露月は子規への手紙に託した。病気のため仕事の出来ない我が身を歎じ、秋田までの旅費も工面してもらいたい。と書き加え、うつうつとしながら気の赴くままに、郷里へ思いを馳せた一句を添えた。

秋風や家に白髪の母います　　露月

子規からすぐに返書が届いた。

拝復　御病とかくすぐれなさざるゆえ、さぞさぞ御困りのことと存じます。御身の上を聞き、御心中お察しいたします。　敬具さらに子規の書簡は続いていた。

金はただいま入用か、または帰京後にてもよろしいか。もし至急入用ならその旨ちょっと知らせてほしい。小生幼い時、父に分かれ母の手一つで育てられた。母の健康を自分は喜んでいるが、寄る年波にはどうしようもなく、今は昔のような母ではない。

そして一句が添えられていた。

何とせん母痩せ給ふ秋の風　子規

露月は子規からの手紙を読み、一人泣いた。そして、ひとまず故郷へ帰ることを決めた。秋田への帰路、黒沢尻から横手・金沢柵を通過した露月の胸に七言絶句が浮かんだ。

六郡風雲立馬號　（六郡の風雲に馬號《ばごう》立ち）

清家子弟有俊豪（清家《せいけ》の子弟に俊豪《しゅんごう》有り）
行人不識二衡跡（行人《こうじん》は識《し》らず二衡《にこう》の迹《あと》）
覇氣千年松柏髙（覇氣千年松柏《しょうはく》髙し）

平安期、金沢柵を舞台に奥州の覇を争った「二衡（清衡と家衡）」の後三年合戦に絡めて詠じた七言詩である。露月は傷心を抱えつつも、底に秘めた気概を一気に次の一句に吐き出した。

虫の音のやむ時露の音すなり　露月

虫の鳴き声が途絶えた刹那に耳に届いた「露の音」。「音」なき「音」への透徹した思いが、露月を包んでいた。

露月は天然の音に敏感だった。生涯の秀句も音につながっているものが多い。

まもなく露月は二度目の上京を決意した。

第二章　俳句開眼

第一節　好転、暗転

明治二十八年は日清戦争の緊張した空気の中で年が明けた。露月には昨年に続く東京での正月である。

一月、「日本」新聞は九人の特派員を出した。「大阪朝日」が二十数人を派遣するなど各社はどこも戦場に優秀な記者を選りすぐって送っていた。

「一刻も早く海を渡らせて欲しい、そうでないとアシは死に切れん」

子規は社主の羯南に、特派を繰り返し懇願していた。子規の喀血は一休みしていたが、疲れが出ると、寝込んでは医師から与えられた薬を服す日々である。しかし子規はいったん言い出したらあとに引く性格ではない。

羯南は小島と語らい、暖かくなったら戦場から遠い司令部付の従軍記者であれば、との条件で許可を考えていた。

ほどなく子規の従軍が決まった。子規は気持ちを丸出しにして喜んだ。

三月三日、子規の門出を祝い、酒とスルメで壮行会が催された。参加者は子規、露月、紅緑、福本日南、中村不折、仙田土仏《せんだどぶつ》、小林李坪《りへい》、齊藤信である。内藤鳴雪が一句を餞《せん》した。

君行かば山海関《さんかいかん》の海開く　　鳴雪

「山海関の海開く」とは、南京条約で清朝の海禁（鎖国）が解かれた、との意味である。この日、新橋は大雪だった。四時十分発の列車で子規は広島へ向けて旅立った。そして、すぐにも戦地へ渡れるものと思っていた子規だったが、一カ月、広島に留め置かれた。

四月七日、仰天すべき事件が起きた。藤野古白が湯島の叔父宅にてピストル自殺を企てたのだ。四月十日、古白危篤の報が、子規のもとに届いた。

十二日、古白の訃報が「日本」新聞の編集部に入った。古白は前頭部及び後頭部の二カ所が致命傷だった。二十四年の短い生涯であった。

「彼我の地に旅立った古白には、とうとう一度も会えなかったナ」

露月は古白への無念の思いを一句に託した。古白は変わりもので人との折り合いが上手くつけられない気質との評判だったが、それゆえ余計に会ってみたかった。

悼亡《とうぼう》

陽炎のそこらに行けど君見えず　露月

子規が中国に上陸した二日後の四月十七日、日清戦争は講和条約が締結されていた。一カ月後の五月十七日、子規に厄難が襲った。帰路の船内で喀血したのである。喀血はその夜も続いた。血はどんどん出て来る。これまでの痰を吐き出すような喀血ではない。

子規の手当ては急がれたが、船内にコレラの死亡者が出たために一週間の停泊処置となり、子規の病状は悪化した。

たまたま京都に滞在中だった高浜虚子が呼ばれ、ただちに神戸に駆けつけた。虚子は二カ月近く子規を看護した。

七月二十三日、子規は病状が好転したので、須磨保養院に転院した。虚子も付き添って須磨に数日を過ごした。そんな日、露月から子規の許に手紙が届いた。脚気再発の知らせだった。

ご無沙汰しております。日を追ってご快癒のこととお喜び申し上げます。

なおご油断なくご療養のほどをお祈りしています。

小生、例の脚気が今年もそろそろ起こり始め、加えて胃病もあり、致し方なく来月二、三日ごろ、またも郷に帰りたいと思っているところです。用心していたのですが、右の次第ですのでとにかく帰るより仕様がないと思っています。校正も嫌に、東京も嫌になったところでございます。自分のお体をお大事に。きっときっとよくなるでしょう。

子規病みて神戸にあるに寄せて快癒を祈る
梅雨晴のそこと定めよ須磨明石　露月

文面から露月の落ち込みようが子規にはよく分かった。子規はさっそく返信をした。

昔の私はいつ復するか分からず、再び新芽の吹くことはないでしょう。大兄　例の脚気起こり始め、国に帰る計画をされているようですが、病気とあっては仕方がないでしょう。

大兄の帰国を送って
　今百里さらに夏山何百里　　子規

手紙を東京で受け取った露月は八月三日、脚気療養のため二度目の帰郷の途に就いた。子規の病状を心配した露月は、八月二十七日付で古里から一枚のはがきを子規宛に送った。

あつさ凌《しの》ぎがたくなりましたが、ご機嫌いかがでしょうか。小生、日増しに快方に向かっています。

懐人
　初秋の君います方よ雲の色　　露月

はがきは須磨保養院に配達された。だが、子規はもう既にそこにいなかった。八月二十日に須磨保養院を退院した子規は、漱石のいる松山「愚陀佛庵《ぐだぶつあん》」に転がり込んでいた。「宛先」不在のまま、はがきは転送された。須磨保養院、さらには松山へと、露月のはがきは主を求めてさまよった。

九月三日、はがきは子規にやっとたどり着いた。子規は丸い目をさらに大きくして、

「どうやって来たのかいのう。この秋田からのはがきは」

そう言って漱石と顔を見合わせて笑った。はがきの差出地は、羽後河辺郡中川村女米木と書かれている。

隣に居る漱石も、はがきを手に取った。

「露月さんという方は……秋田のお人ですか」

この時点で漱石は露月を知らない。露月と漱石の初顔合わせは二年後である。

露月が帰郷すると村は一変していた。

「ありゃ、なんという変わりようじゃ」

露月の村には分村運動の嵐が吹き荒れていたのである。明治の町村制施行の合併で一度誕生した村が、雄物川を隔てて西岸の戸米川《とめかわ》村と東岸の種平《たねひら》村に分かれようというのである。明治の市町村制施行で一度合併した村が分村した例は聞かない。秋田県

の政治的大事件であった。分村へ向けた新しい村づくりの胎動が始まっていた。

リーダーは佐々木虎之助という人だった。慶応二年生まれで露月の八歳上である。生家は藩政期左手子《さでこ》村の肝煎りであった。虎之助の行動は新村の村づくりへ大勢の村人の心を動かした。彼はエネルギッシュで粘り強く、苦難に対しても不屈であった。

「うん、露月君、農村の疲弊は若いリーダーを求めている。病む人を診てくれる人もいない。雄物川を隔てて西も東も無医村だ」

そういう虎之助の言葉で、それまで子規一辺倒だった露月に全く別の風が渦巻きはじめた。

白露の我思《わがおもい》千々《ちぢ》に乱れける　　露月

悩みぬいて医者になることを露月が決意したのは、実はこの時であった。

十月、露月は複雑な思いを抱いて三度目の上京をした。子規は十月三十一日、東京に戻ってきた。

新橋駅では鳴雪、虚子、碧梧桐が出迎えた。皆の想像よりも子規の顔色は悪く、足を引きずっていた。それもそのはずである。神戸病院での子規は危篤状態で、母親が呼ばれた時には、痩せに痩せた脚部の周囲は、常人の半分しかなかった。加えてリウマチの悪化で歩行困難に直面していた。

十一月九日、子規の帰京後初めての根岸庵での句会があり、露月も出席した。松山から上京の村上霽月《せいげつ》歓迎句会であった。

上京子規に逢ふ
行秋を恙《つつが》なかりけり君も我も　露月

子規は露月の挨拶句を喜んだ。
「露月君の体調も順調に回復して何よりですなもし」
着京以来、リウマチでまったく歩行できない人には見えない子規の明るさに露月はほっとした。

運座一回の後、食事会を楽しむ久しぶりの会合であった。子規は十月二十六日に奈良に入り、若草山から東大寺を巡り、十月二十九日には法隆寺，竜田川を回ったようだった。子規の「柿」の句はこの日詠まれた。

柿食へば鐘が鳴るなり法隆寺　子規

十二月一日、子規が「日本」新聞社への出社を試みた、との情報が露月に入った。露月はすぐにでも子規を訪ね、

「十二月末をもって『日本』新聞社を退職し、古里で医業への準備をしたいス」

そう告げたいと思っていた。

だがチャンスはなかなか訪れなかった。十二月九日、子規の後継を虚子が断ったという道灌山《どうかんやま》でのことは露月が後日知ったことだが、十一日には「日本」新聞が発刊停止になるなど、子規の周辺は慌ただしかった。露月の決意はしばらくその胸に納めなければならなかった。

十二月下旬の某日、露月は上京後初めて古里の母・ケンから二円の小為替を送ってもらった。ケンの実家である種沢村（現秋田市雄和）平四郎家からの援助であった。

——吾輩は此の小為替を握ってしばらく泣いた。

露月は後に、医業への転進の理由を、

「一の俗事情、一の小感情に打ち勝てないで断然と方針をかえた」（「我が家の子規居士」明治三十五年「俳星」）

と書いた。

子規傘下の下、近代俳句革新に邁進する「大義」に比し、東北の一寒村で「医業」を業《なりわい》とすることへの後ろめたさであった。また祖父母の地で庇護を受けることへの拘りを「小感情」の文言に忍ばせた。いずれ露月は「断然と方針を変えた」のである。

年一ト夜《としひとよ》いさゝか惜しき思あり　露月

何よりも露月は自分の行く道を大転換した年だった。その年も終わろうとしている。露月の中で貧困と無医村に暮らす人々の更生への思いが燃えていた。秋田に向かう彼の背には粉雪が舞っていた。

露月にとって三度目の帰郷となった。

第二節　露月国手

鶏もなかず地震の跡の秋の雨　露月

翌明治二十九年も秋の気配が日ごとに強まっていた。長雨は月初めから途絶えることなく続いた。

八月三十一日の夕方近く、仙北郡六郷村あたりを中心に大地震があった。鶏も恐怖で沈黙するくらいの大地震とは、世に言う六郷地震である。直下型であり、死者二百九人、傷者七百七十九人、潰家四千三百八十七戸の惨状だった。六郷は東側に奥羽の山脈が連なる秋田県中東部にあり、岩手の和賀郡に接している。大地震の数日前から不気味な震動があった。

露月は余震が続く中、四度目の上京の準備をしている。十月の前期医師試験を受けるためだった。

上京の旅の途中、岩手の牛商が同伴した。末蔵と名乗り、露月の顔見知りである。

祖父と俳句談義をする末蔵を、露月は何度か見たことがあった。

「また、東京まで行かれますかいの」

牛商は丁寧な言葉遣いで話し掛けてきた。毛むくじゃらの太い腕は丸出しだ。

「うん、医者になるんジャ」

露月はずばり、そう言った。時折、雷雨が二人を襲う。納屋の軒下に雨宿りする牛商の喉から、南部牛追い唄が流れる。唄は激しい雨脚の中に消えていった。

稲妻の顔見合わする人もなし　露月

露月は、神宮寺から大曲まで人力車を利用した。十三銭の車代は貧しい財布を直撃した。路傍には女郎花《おみなえし》が雨に濡れていた。

女郎花踏みにじられて哀れなり　露月

大曲では、西村某方に宿をとった。民家だったが、旅館業を営んでいる。地震視察の知事一行も同宿し、その夜は満員で、地震の犠牲者の荼毘の話でもちきりだった。

秋雨のいつこに濡れておはすらん　露月

翌九月十日はお昼頃になってようやく大雨が収まったが、風が出てきた。六郷村に近づくにつれて地震による被害は痛々しいばかりだった。家や家族を失った人々がうつろな目で旅人を見ている。地震の惨状は露月にリアリズムへの目を開かせていた。

がっくりと大地裂けたり秋の風　露月
秋の夜の夫婦いさかふ木賃かな　露月

横手羽州館に宿をとる。足代は必要経費だが、お茶、柿、林檎それに地酒などの出費が結構重なった。甘い横手柿は子規への土産だ。風呂に入り、疲れた身体を横たえた露月には、旅の途中で見た親を失った子らの泣き叫ぶ姿が瞼から離れない。

秋の雨親なき子らの泣いて行く　露月

確かに句は泉のように湧いてくる。しかし、文芸として何かが足りない、と露月は感じている。

——なかなか俳句がつくれん。これでは単なる地震のスケッチだ。

露月はじっと考え込んでいる。そして次の一句を句稿に書きつけた。

秋の蚊の泣く〳〵雨に出でてゆく　露月

露月の句のええところは微妙な情味があることじゃのう、と子規の声が耳元でささやいているような気がする。

「ふん、どうじゃ」

露月は鼻を膨らませ、末蔵に見せる。「どうじゃ」とは得心した時の露月の癖である。

「秋の蚊のやり場のない悲しみですナ」

と末蔵。

この句は、のちに子規の目に止まる。

——歩行、人力車、汽車、船を継いで六日間。東京までは大変だナ。

露月は気持ちばかりがあせる。

東北本線は明治二十四年九月に全線開通したが、奥羽本線は出来ていない。明治二十九年の段階で岩手の黒沢尻が最寄りの駅である。十二日夜八時、黒沢尻で汽車に乗る。翌朝九時、長久保に到着。再び宇都宮まで歩く。宇都宮に一泊し、翌十四日午前六時、宇都宮を出発し、古川まで汽車。古川、栗橋の間は船。栗橋から汽車に乗り、東京に着いたのは午後二時。

当日の東京は晴れ。露月は久しぶりに秋晴れの空を満喫した。

十月十二、十三日、露月は前期医師試験（学科試験）を受けた。三時間の受験時間があるのに、三十分で出来てしまった。試験問題の第一問は「細胞トハ如何ナルモノヲ云フヤ其種類、形状及所在ハ如何」など、ほとんど基礎問題の水準だった。

露月には自信があった。後期試験の本を買い求めると、発表を待たずさっさと帰郷した。果たして一千六百四十九人の合格者の一人となったのだった。試験日程は二日ずつ七回に分けて実施されたが、及第七十一人中の三十三番目に「石井祐治」の名があった。

同じ合格者名簿に会津出身の青年の名前が掲載された。「野口清作」と書かれていた。その青年も会津より木綿の袷と兵児帯姿で上京し、露月と同じように試験場にいた。露月より三つ下の二十一歳。のちに黄熱病《おうねつびょう》研究に生涯をかけた野口英世その人である。

十月二十三日、露月は子規宅を訪ねた。露月には前期の医師試験受験の結果に対する手応えがあった。もう「医業の準備」ではない。その日、露月は長い間秘めていて言わなかった心の中を子規に訴えた。「自分は医師の道に進む」と。

子規は暫く憮然とし、言葉なく、顔に不平の色を表した。

「いったい、どうおしるつもりぞな」

怖い顔でそう聞いてきた。やがて、

「……素志を貫くことが一番ジャ、日蓮を見ィ」

子規は短く言った。そして

「これはあとで読みィ」

そう言いながら、日蓮聖人の本を露月に渡した。

「日蓮記」は日清戦争従軍後の病体を須磨保養院で養い、重患で気力喪失していた子規を鼓舞した本だった。子規が言う「素志」は文学の道を指している。

露月は下宿に帰った。部屋でひとり湯豆腐をつつきながら酒を二合五勺ほど飲んだ。そして子規のこと文学のことを考えた。

――子規がなぜ「憮然」としたのか。

――子規が手元に強く残したいと願うほどの私か。煩悶するほどの「文学」への熱が私の中にあるのか。

この段階で露月には分からない。

「明治二十九年の俳句界」の評論で子規に「露月鬼才」と書かれて初めて気づいたことであった。露月が後に「子規子によって得度した」(「野草花開」『三峨』三十一号・大正六年十月十日発行)と書いた俳句の飛躍を、子規は見抜いていたのだが……。

秋霖《しゅうりん》は一晩中止むことがなかった。


十月二十五日、露月は離別の挨拶に碧梧桐と虚子を訪ねた。意外にも翌二十六日に目黒で送別句会があると聞かされた。子規は露月との面談後、思い直し人力車に乗って神田の碧梧桐、虚子の下宿(神田区淡路町一丁目一番地　高田屋)を訪ね、目黒での俳句会を告げていたのであった。

――医業に転ずるワシに、あれほど憮然とした子規が送別会とは。

露月は驚く。露月はその疑問が頭から離れないまま、碧梧桐、虚子、愚哉《ぐさい》と四人で午前九時三十五分の汽車で目黒に向かう。

――子規の度量の大きさジャ。

外の景色を見ながら、露月はしみじみ思った。この日、目黒の茶店福嶋屋の句会に集まったのは、虚子、碧梧桐、露月以外に子規、折井愚哉、梅沢墨水、歌原蒼苔《そうだい》、大谷繞石《ぎょうせき》、佐藤肋骨、福田把栗《はりつ》、秋骨の十一人であった。墨水は「大阪万朝報《よろずちょうほう》」俳句選者。繞石は島根県松江生まれ。二高在学中に虚子と碧梧桐の級友で、のちの「中央公論」俳壇選者である。

この頃の子規は少し歩けるかと思うと、全く歩けないという経過を繰り返していた。二十九年三月、専門医によってリウマチではないと診断された。結核菌におかされて骨が溶け、それが膿となって出るカリエスであることを知ったのである。

そんな子規が、久しぶりに病床から抜け出し、人力車でやってきた。

その日は雁がしきりに渡る秋晴れだった。鱗雲が稲田を暖かく包み、庭一面には穂の花が咲き乱れていた。一同はとんぼの群れに加わるように、芝生に膝を交えて数十句を楽しんだ。

秋の蝶が飛び交い、硯の水も乾きがちな好天であった。特に、お昼の栗飯時には大いに話が弾んだ。子規はこの日のことを画家の中村不折に「俳句遠足会」と書き送った。子規は杖にすがりながら、誰よりも遠くまで行った。子規に忘れ得ぬ一日となった。

やがて目黒不動の晩鐘が鳴り響き、煤けたランプに灯が点ずる頃、句会はようやく終わりを告げた。行人坂《ぎょうにんざか》を上がる時、皆で子規の人力車の後押しをしたが、子規はいつになく上機嫌だった。

「遠慮せんと、こっちぃお出でモシ」

子規は遠慮がちに車押しをしている露月を呼んだ。露月は子規の車の軽さが気になる。

「きょうの遠出は愉快ジャ」

子規は繰り返す。子規のはしゃいだ声はしばし末枯れの池の蓮を揺らした。いつの間にか、子規の車を押す一団と義足の佐藤肋骨を助けて進む一団とに別れた。二つの提灯はいつまでも行人坂の闇を照らしていた。

露月は日記に、

夕方の汽車にて新橋に帰る。会費三十六銭、汽車賃六銭、馬車賃四銭、そば代金二十一銭五厘。

と書いた。句会の最後には参加者の中で送留別句が交換された。

露月国手《こくしゅ》を嘲《あざけ》る

渋柿は馬鹿の薬になるまいか　子規

留別

渋柿を喰ふてしまへば帰るなり　露月

「国手」とは優れた医師のこと、「嘲る」は詠うの意である。この一日で、露月と子規は心底から結びついた。

露月はまもなく四度目の帰郷をした。東京では下宿代がかかるからだった。

第三章　済生学舎

第一節 「ほととぎす」

明治三十年、露月は古里で穏やかな正月を過ごした。とはいっても後期試験の準備があった。後期には外科、内科、薬物、眼科、産科の学科のほかに実地試験があり、臨床講義を受けなければならず、独学は無理であった。
大学を経ない者に対し、済生学舎が門戸を開いていた。露月は今年こそ済生学舎で学びたいと心掛けていた。私立の医学塾で、湯島四丁目にあった。
そんな一月六日、子規と仙台の紅緑から年賀状が届いた。紅緑の賀状には
春に華燭の典あり、上京の折りにでも百文舎に立ち寄られたし
と一筆添えられていた。百文舎とは佐藤紅緑が仙台でおこした奥羽百文会の事務所

名である。

「紅緑は嫁っこもらうみたいだな」

露月は病床の祖父の与惣右衛門に声をかけた。

「先を越されたな。紅緑さんは元気になったかいの」

与惣右衛門は紅緑が露月より一つ年下であることや、明治二十八年夏、病気のため「日本」社を辞して弘前に帰ったことを覚えていた。

「地元の東奥日報に入って、それから次の年に仙台の東北日報社に移ったみたいだ」

当時、紅緑は各地の新聞社を移り歩いていた。「百文会」とはいかにも紅緑らしい。

「うん、わしも急がにゃ」

「白河以北ひとやま百文か。うまいもんだ」

十一日、内藤鳴雪から年始のはがきが届いた。そこには目黒不動前の茅舎《ぼうしゃ》（かやぶきの家）での句会に欠席したことを詫びつつ、

秋　諸友ニ伴フテ目黒ニ遊ビ栗飯ヲ喰ヒテ帰ル　快甚

とあり、子規の「寒山落木」の短文が添えられていた。

「ハァ、快甚とは嬉しいことじゃ」

露月はにやりと笑った。子規の心に目黒の句会が深く刻み込まれている。

――それにしてもこの賀状は、鳴雪翁の心くばりじゃ。

露月は嬉しかった。内藤鳴雪は五十歳。翁という年齢のはるか前から、日本派の若い俳人たちからは「翁」と敬称されていた。


春になって、露月は医師後期試験のため上京することにした。露月にとって五度目の上京である。以後、露月の上京と帰京は青森経由となった。

四月二十五日、露月は女米木を発った。秋田の町に数日留まり、中学時代の恩師や友と会う予定があった。家兄与八も同行した。与八は女米木小学校学務委員（現在の教育長）の委嘱の内示があり、県庁などへ出向く用があった。

舟の便もあったが、二人は川に沿った二十数キロを歩くことにした。露月は歩きたかった。時折、薫風が吹き抜けた。それは露月の門出を祝福するようでもあった。

露月の歩調は軽やかである。今年は正月から何かが違う。まぶしそうに自分を見る村人の視線に、露月はそれを感じた。

「森川翁の訪問には驚いたな」

森川翁とは秋田市新屋の篤農家《とくのうか》で森川源三郎のことである。老農・石川理紀之助の門下で農事巡回を先頭になって実践していた。露月も日記に「二月二十五日、雨　森川老農来る」と書き留めていた。

森川は講演に河辺郡一円を回っていて、女米木集落は露月の生家が会場となった。後に乾田馬耕《かんでんばこう》など農事改良のリーダーとなる与八と森川とは旧知の間柄であった。

「森川翁は寡黙なお人だったども、農村の現状を深くみておられたな」

与八の話に露月も同じ印象を抱いた。森川翁の口からは厳しい農村の現状が語られた。

「これからは伝染病対策を急がにゃ」

森川翁は語気を強めた。露月の古里は無医村であった。

五月一日、露月は仙台の紅緑に立ち寄った。仙台は春の花が咲き乱れていた。「よう来てけだな。待ったぞ」

新婚の紅緑は血色も良く元気そうだった。紅緑は自慢の髭を立て、津軽弁で露月を迎えた。その背に寄り添う新妻が露月にはまぶしかった。露月も負けじと、うっすら髭を立てていたが、長髪の紅緑、五分刈りの露月と着装、風貌にいたるまで二人は好対照である。

「子規さんの俳句評論は仙台でも評判でナ、『碧虚露紅』で四天王と言ってくれるんだ」

紅緑は久しぶりの露月との対面に興奮を隠さない。子規は俳句評論を一月二日から三月十五日まで二十三回にわたって連載。最初は碧梧桐と虚子、次に露月と紅緑を論評した。

「四天王は……大げさでねベガ」

露月は重い口を開く。しかし当時人気の尾崎紅葉と幸田露伴をもじって、そう書いた新聞も現れていた。

——露月は相変わらず慎重だ。

紅緑は意に介さない。

「露月が牛で紅緑は馬、には参ったナ」

紅緑は頭に手をやったが、子規の評を楽しんでいる風でもあった。紅緑の雅号は、子規が本名の洽六《こうろく》に音訳してつけたものである。

子規の俳句評論には「露月と塁を対する者を紅緑とす。一は沈黙、一は多弁。一は遅鈍にして牛の如く。一は敏捷にして馬の如し」とあった。

「えーと、牛といえば、紅緑には牛小屋のいい句があったな」

露月は紅緑の一句に話題を変える。

牛小屋に牛の留守する田植かな　　紅緑

それは「牛小屋の句に紅緑は多少の滑稽思想を有す」と子規が評した句である。

「オレはそうは思わん」と紅緑は不満そうだ。紅緑は子規の俳句評論に寸評を加える癖がある。

露月にも一句あった。

白馬馬に非ずと云へば栗はねる　　露月

という句だが、こうした露月の趣向に子規は次のように書いた。

露月は壮大を好み、奇警《きけい》を好み、理想を好み、脱兎《だっと》の如く、処女の如くあるいは赤子を愛するが如き、これが露月の露月たる所以である。

二人の話は尽きず、盃を交わす時間はますます燃えていくばかりだった。このころ既に露月には子規の模倣から離れて、違う色合いの俳句が表れていた。

三夜網す偶々《たまたま》得たる鱸《すずき》かな　露月
萩の花少しこぼれて三日の月　露月

萩の満開を「少しこぼれて」と風情を極めたところに露月の句風があった。

六月一日、露月は東京医学専門学校済生舎に入学した。済生学舎は、当時長崎医学校校長であった長谷川泰《やすし》が恵まれない民衆に学問をと考え、明治九年私立医学校として作ったものである。

「大物というのは汚いもんジャ」

露月は変なことに感心している。医師であり、論客であった長谷川は、容貌から大物然とし、着物も古く汚かった。鼻っ柱が強く、豪快な人物であった。

済生学舎は私立医科大学の昇格が認められず、明治三十九年廃校になった。廃校まで入学者二万一千四百余人のうち九千六百余人の医師を世に送りだした。

露月は五カ月間講義を受けた。講師はほとんど東京帝大から、教授たちがアルバイトで来ていた。

済生学舎には大教室が二つあった。が、一千人の学生が入学していて入り切れなかった。顕微鏡室には北里伝染病研究所と匹敵する設備が整い、顕微鏡の実地だけでも受講する価値があると評判であった。

早朝からガス灯をつけて、診断の講義が始まった。循環式といって一通り講義すると、また元に戻り、学校は年中休みなく、いつでも入学できた。生徒は好きな講義に出席し、国家試験に合格すれば、自然に卒業するようなものであった。

その年の九月、露月の脚気の症状は最悪となった。特に心悸亢進《しんきこうしん》がひどかった。

――歩行も困難じゃ。下宿から学校まで僅か四、五町だというに車で往復するありさまとは情けない。

露月は珍しく愚痴をこぼした。

露月は秋田尋常中学校（現秋田高校）時代に初めて脚気に罹《かか》った。以後、夏になると再発し、帰省すると治療をしなくとも治った。上京後も毎年罹って、その度に帰郷したが、郷里に居ると夏になっても発病することはなかった。

脚気は〝江戸患《わずら》い〟と言われていた。江戸時代の中期、精米の技術が発達し、白米食が急速に普及したことで大都市中心に全国に蔓延《まんえん》した。

明治になると人口の都市集中と、主食以外の食生活の低下とが相まって、症状も激烈で流行病のようになった。


一月十五日、伊予松山で俳誌「ほと、ぎす」（創刊時の誌名）が産声を上げた。松山在住の柳原極堂らが子規応援団の勝手連のように旗揚げをしたもの。子規は喜んだが心配もした。

七月三日、子規宅で運座があった。出席者は肋骨、蒼苔、繞石、楽天、秋潮《しゅうちょう》、把栗、碧梧桐、四方太、平川、恕堂《じょどう》、露月、子規の十二人であった。

子規から出席者全員に「古白遺稿集」（子規編集）が手渡された。その折に、子規は露月に、

「『ほと、ぎす』の募集句の選を手伝うてくれんかいのう」

と、頼んできた。出席者の面前での頼みごとだった。もちろん露月は断れない。

「明治二十九年の俳句界」で「露月鬼才」と書いた後の、子規が露月に投げた最初のボールである。いかにも子規らしい。

露月が漱石と出会うのもこの頃である。最初は明治三十年七月十八日であった。漱

石も露月も在京の時間は限られた。にもかかわらずこの年だけで、八月七日、八月二十二日、九月四日と四回に及ぶ。

七月十八日の句会で、漱石は次の露月の句にいきなり天位を入れた。

　覇気高く蛭が小島に夕立す　　露月

続いて漱石は露月の十句中四句を採った。

「アシは文芸上の自由は小説にあると思うておるが、露月君の句にそれを感じる」

漱石は皆の前でそう言ってはばからない。「文芸上の自由」とは漱石の持論である。俳句に対して小説の特質を漱石はそう主張していた。

八月二十二日の句会には墨水、露月、瀾水、把栗、碧梧桐、漱石、子規の七人が参加したが、露月の句は掲句十句中六句採られた。

露月の次の一句は漱石が採った。

　妾宅《しょうたく》に小さき灯籠吊したり　　露月

逆に漱石の句「黄ばみたる杉葉に白き灯籠哉」を露月が採った。九月四日の句会では、露月の次の句を子規が地位で採った。

とある村に帰り遅れし燕とぶ　　露月

他に秋竹（天位）、東洋（天位）、鬚男《ひげお》（天位）、左衛門、紅緑、漱石が採った。七点を獲得して露月は全体の一位になった。漱石はやはり、

「露月君の句には物語性があって頼もしい」

と評した。子規はこの日六点句の二位となった。このときの子規は露月の一句

粟《あわ》の中に抜け出でし稗《ひえ》を風がふく　　露月

の方に天位を付けた。子規は力を込めて言った。

「『とある村』はまだ余裕じゃ。『粟の中』の句に写生が生きておるぞな」

露月の句は季節と生き物の微妙な関わり合いに心動かして得た句だったが、何と返してよいか分からず、笑って頷いた。

合計点で露月は三十三点の首位、子規三十二点の二位、露月は絶好調であった。

第二節　蕪村忌

十月、露月は脚気の病を押して実地試験を受けることになった。床屋に行ったら、日頃とは見違えるぐらいになった。ただ袴がないので、友人から借りて間に合わせた。試験は学説と実技と二日間にわたった。

学説はどうにか書けた。実技の試験場に入ると、露月の前に患者が横たわっていた。患者は複雑な症状だった。診察しながら、試験官の一問に一答を重ねていたが、途中から脚気の症状で動悸が烈しくなり、満足な答えが出来なくなった。

この試験は最初から、どうもいけないと思っていた。十日後に結果が発表されたが、案の定不合格であった。受験者八十人中四人の合格者であった。前期試験には三年、後期試験には七年かかると言われる難関である。野口の組は五十余人中九人の合格。合格名簿の中に平民・野口清作二十二歳とあった。

野口は本郷二丁目三十二番地、田中ユリ方に下宿していた。露月は友人から左手にハンディを持つ野口の話を聞かされていた。

後期臨床試験に「打診法」が含まれていた。患部に左手の掌を当て、その上から右手の指で叩く。音の微妙な違いで病状を判断する。

野口は四月の済生学舎入学後、東京帝大の近藤次繁博士から左手の再手術を受けたばかりで、指が短いだけでなく、真っすぐに伸びなかった。医師として決定的なハンディであるにもかかわらず、野口が合格したことに露月は驚いた。

「脚気に負けては駄目だナ」

露月は病気に甘えている自分を反省した。

「うん、合格するまでは国へ帰らんぞ」

露月は上京後、三度目の正月を東京で過ごすことにした。半年後に再び後期試験が迫っている。

――不合格のままでは古里の土を踏まれまい。

の思いが露月にあった。この決意は露月に幸いした。その年、子規は長く待望した蕪村忌を催したからである。子規庵に露月含めて二十人が参加した。明治三十年十二月二十四日のことである。二十四日は蕪村の命日だった。

参加者一同が庭前にて記念撮影をすることになった。子規を中心に露月と紅緑が左右に分かれたのは偶然だった。

「露月君は鳴雪翁の隣がええぞな」

という子規の一声で真ん中に子規、隣に鳴雪、露月と納まった。子規は別に単身でも撮った。子規は両足で立つことが出来ず、這って縁端に出てわずかに姿勢を保つことが出来た。

「ほんまに室狭くして客多し、火鉢足らずじゃもし」

子規はそれでもすこぶる意気軒昂《けんこう》であった。午後から始まった運座は半ばで日が暮れた。


ここで子規の蕪村着眼に触れておきたい。「内藤鳴雪自叙伝」には「若しも『蕪村句集』を最初に手に入れたものには賞を与える」とあり、当時の根岸派の人々の蕪村に対する強い関心と「蕪村句集」への執念がうかがわれる。子規における蕪村の発見は、俳句における抒情の発見というのが、もっぱらの評判だった。

「蕪村句集」は明治二十六年に片山桃雨が発見し、同年四月十八日に村上霽月《せいげつ》がついに大阪で上巻を入手した。子規は蕪村を発見することによって近世末期以来の俗流俳諧を乗り越えることができた、といわれる。しかし、蕪村忌や蕪村輪講まではさらに三年を要した。

第一回蕪村忌記念句会で子規は、露月の一句を秀逸とした。

風呂吹の味噌を分つや年忘れ　露月

俳句仲間の和やかな雰囲気が部屋を包む中、やがて酒席となった。子規庵では風呂吹き大根が振舞われた。忙しく立ち働く妹の律。露月と何度か視線を合わせては顔を赤らめたが、気づく者はいなかった。

碧梧桐が珍しく酒の酔いで赤くなりながら、露月と子規に杯を回した。運座は十時に散会したが、露月と紅緑の二人が残った。

「もう少し居ておくれよ。二人が同時に帰ると、そこが空っぽになるぞな」

寂しがりやの子規が、離そうとしなかった。ややしばらくして根岸庵を辞した二人は、麹町《こうじまち》四番町江知勝《えちかつ》の飲み屋でも飲んだ。

「わしは富山へ行くかもしれん。根岸庵での句会はしばらくお休みせにゃ」

紅緑は申し訳なさそうに言う。その日は旧暦十二月一日。満天の星空に月はなかった。しかし底冷えの街はいつまでも熱かった。

翌明治三十一年一月三日、恒例の根岸会初会があった。根岸の庵は肺の薬であるクレオソートや子規の身体を拭くアルコールの臭いが鼻を衝《つ》いた。伯父、加藤拓川が畳替えをしてくれたので、正月らしい雰囲気が保たれたのである。

「お頼みィ」

「あけましておめでとうございます」

などと言って十人ほどが次々と顔を出した。そして句会を終えて宴となった。虚子と碧梧桐が祝賀の謡いとして、石川丈山《じょうざん》の「富士山」を披露した。

続いて墨水が円遊の落語「野ざらし」の真似ごとを、ひとくさりをやると「やんや」の喝采である。墨水は梅沢喜太郎。後に「大阪万朝報《よろず》」俳句欄を担当した。

新年の福引きの品物は、出産間近の虚子宅のお祝いとして手渡され、座は一段と盛り上がった。

「お律、露月に国の唄を頼みぃ」

子規は妹の律に杯を回した。露月は久しぶりに自作の秋田長持唄でもと思ったが、ためらっていた。声に自信がなかったのである。律は何も言わず片目だけつむってみせた。露月はほっとした。
暮れの蕪村忌あたりから日本派俳人の結束が一段と進んだ。子規の句に勢いが出ていた。

枯菊に氷すてたる朝日哉　子規

露月も負けじと一句を詠んだ。

それ鷹の虚空をつかむ怒りかな　露月

明治三十一年正月の不思議な興奮は、いつまでも露月をつかんで離さなかった。

第三節　古里のうた

明治三十一年一月七日、露月に悲しい知らせが届いた。家兄与八からの電報である。

日の光が西の空に傾き、赤い残光が電報の文字を斜めに遮った頃である。祖父与惣右衛門が死んだのだ。忌日は新暦一月二日（旧暦十二月十日）とある。

「ありゃ、何としたらえべナ」

露月は旅鞄《たびかばん》を持ってその辺りをウロウロした。誰かに寂しい気持ちを打ち明けたかった。だが親しい友人は近くにいない。紅緑は既に富山である。家兄からは金五十円の為替が学資として同封されていた。露月は祖父を思った。

　　貢献《こうけん》の白象《はくぞう》寒に病むで死す　　露月

露月は祖父への賛辞を「貢献の白象」に込めた。白象は釈迦の脇士《わきじ》で延命や一切菩薩の上首《じょうしゅ》として徳を司る普賢菩薩《ふげんぼさつ》を乗せている動物で、普賢菩薩の象徴として登場する。

十歳で父を失った露月は松雫《しょうだ》の俳号を持つ与惣右衛門から俳句や書の手ほどきを受けた。

――祖父からいろいろと教わったナ。子規子と結ばれたのも祖父のお陰だ。

露月はそう思った。

与惣右衛門は俳句や漢籍という大きな根をそっくり露月に与えた。それを受け入れる器が孫にあれば、その根から幹が伸び、枝葉は放っておいても茂り大樹となる。

そういう大事なきっかけを育んでくれた祖父や古里のことを、露月は久しぶりにしみじみ思い浮かべていた。それは懐かしい高尾山の景色だった。


「蒼天《そうてん》、蒼天」

二十歳の初夏、露月は高尾山に登って唱え事をしていた。山の霊気が体の芯に分け入ってくる。足元には春に植えた杉苗二本が根付いている。彼はその成長を確かめるように杉苗に土をかけてやった。

ついこの間までは野火の煙が上がり、谷間には雪が残っていた。今はもう解け出した雪が湧水群となり、片栗花《かたんこ》を咲かせている。

仁者は山を楽しむ、という。露月は、山を楽しむ仁者でありたい、と願っていた。

高尾山を土地の人は女米木《めめき》山という。八合目あたり横長根から東方を眺める。太平山と羽後の連山を借景に、眼下に雄物川と秋田平野の眺望が開けている。歩を移して鎮守の石段を登る。道々手に清水をすくって口にしながら頂上に辿りつく。北西には日本海が碧《みどり》に波打ち、男鹿の島山が間近に迫る。南には秀麗の鳥海山が正面にそびえ、保呂羽山《ほろはさん》に続く山伏の道が点在する。

女米木は怪奇な物語を秘めた山紫水明の地であった。

……延暦年間、保呂羽山から高尾山に逃れてきた大盗賊・夜叉鬼の伝説を伝える古里。夜叉鬼はいつしか里に住む白石善五郎の娘・米子と恋仲となった。花のような美しい米子との間に生まれた大瀧丸。むつまじく暮らす三人。大瀧丸が凛々しい青年に育ったころ、都から坂上田村磨呂を総大将とする大軍が蝦夷《えぞ》に攻めてきた。鬼の夜叉鬼と大瀧丸は空中を飛んで男鹿島へと逃れたが、米子は鷹の羽の矢の的となって命を落とした……。


夜叉鬼伝説は祖父が夜ごと語ってくれた昔っこであった。露月は半紙十一枚綴りにまとめ、上京の折、旅鞄に入れた。自分を奮い立たせたいと思ったのだ。

明治二十一年、十六歳のとき、秋田尋常中学校（現秋田高校）へ入学する。休暇には漢詩や俳句を作っては友人と交換するなど文学への夢を膨らませていた。

そんな中学時代の一句は今も大切にしている。

吹く風の音さへ秋の竹ごころ　露月

そういう彼に脚気が襲った。憧れの秋田尋常中学校を三年で退学を余儀なくされる。虚弱な身体ゆえ、田舎に埋もれるのが情けなく、露月は塞ぎがちな日々を送っていた。病弱な体質はいつも彼の前途を遮った。

やがて、徴兵検査があった。予想されたこととはいえ、丙種合格だった。農作業には不適ということであり、農村で暮らしを立てることはできないということだった。上京して文学で身を立てるしかないという彼の強い決意はこうして生まれた。彼にとって都は決して憧れではない。

挫折は一方で露月に詩人として豊かな感性をもたらしていた。

明治二十六年、露月に思いもよらない幸運が巡ってきた。芭蕉二百年祭を記念する河辺郡女米木高尾神社へ俳句扁額奉納が行われることとなり、彼は二十五人の俳人に選ばれたのである。

六月八日、俳句扁額奉納の神事が執り行われた。その日は旧暦の高尾神社祭礼の日であった。

俳句奉納の催主は伊藤一花といった。川向の種沢村肝煎り伊藤惣兵衛家系の俳人である。付近一帯の中川村は伊藤惣兵衛の強い影響下にあった。

標高三百八十三メートルの高尾山頂近い奥宮の扁額には布川銀海、佐川山色《やまいろ》など吉川五明門下の錚々《そうそう》たる面々が顔をそろえている。本宮は寂として、咳《しわぶき》一つもなかった。宮司による祝詞奏上《のりとそうじょう》が終わり、奉納の句稿が高らかに読み上げられ、そこに石井露月、安藤和風の名が告げられた。

夕立の忘るものらし松の月　　露月
夕顔や立て掛けてある洗ひ鍬　　和風

和風は蕉風を慕う秋田正風派の俳人で、秋田俳諧の中興の祖吉川《きっかわ》五明を熱心に研究した人である。のちに秋田魁新報社の社長として知られる。

催主一花の奉納句は「柳にもふかぬ風あり薄羽織」。一花はこの日、大旦那風の薄羽織姿で登場し、俳句奉納に至る経緯を語った。

「秋田俳壇の中興の祖は『猿蓑《さるみの》』で俳眼を開いたとされる吉川五明翁である。本日は五明が芭蕉復帰を宣言した明和五年以来の意義ある日となった。芭蕉二百年を期して、露月君、和風君のごとき若い諸君を先頭に、羽後の地を再び全国に冠たる俳句風土としたい」

一花に名指しされた露月と和風二人の緊張した顔が、参集者の熱い視線と交錯する。和風は慶応二年生まれで、明治六年生まれの露月より七歳年長である。二人とも秋田で漢文塾を開いている江帾澹園《えばたたんえん》の門下生だった。

神社奥宮から九十九の石段を下りると、舞殿では神楽舞が始まった。五調子舞、巫女舞《みこまい》が始まる頃、梵天を担ぎ、編み笠をかぶり、異装した青年たちが続々集まる。剣を振るう勇壮な山の神舞が終わると、幾本もの梵天が勇ましい掛け声もろともに神社奥宮へ石段を駆け上がっていく。若衆の中から掛け合いの唄が聞こえる。

嫁の箪笥に　ゆたんをかけて　肩で運んで　お受けする
君は高砂　尾上の松よ　むすぶところは　縁となる……

長持ち唄の歌詞は青年たちから依頼された露月の作だった。

雄物川の東面、川を隔てた山の頂の横雲に、サッと茜が差す。眼下に広がる見渡す限り一面の田んぼ。微風は青田を打ち露月の襟元をそっと撫でていく。

「石井祐治先輩　おめでとうございます」

神社の方角から声がする。声の主は奉納に立ち会った京孝《きょうこう》こと京極孝正《たかまさ》である。露月の秋田中学の二年後輩で、神職を継ぐべき立場にあったが、地元の小学校勤務の後、いまは営林署に職を得ている。祐治とは露月の本名である。

さらに、梵天奉納の若衆の中から、

「いよ！　俳人、石井露月」

「芭蕉二百年祭への奉納は誇りだ」

「おう！」

と、次々声が掛かる。友人の石伝《いしでん》こと石井伝治や京直《きょうちょく》こと京極直蔵の声のようだ。露月には不思議な魅力があるのか、周りから熱い視線が集まる。

「俳人というのは、やめてくれ」

露月は低い背にさらに首を沈ませたが、「奉納は誇り」には満更でもなさそうだ。

「露月」の俳号は、秋田中学時代のもの。十六歳の初夏、脚気の為に帰省した頃、柿や梨の若葉の雨上がりに月が差して、きらきらと美しいのに見とれて浮かんだ。露ではなく雨であったが、露月は気に入ってしまった。

露月は明治二十六年十月、蔵書を好意ある友人に買い取ってもらい、ようやく旅費と一時しのぎの生活費を得た。秋が深くなり健康が回復したので、宿望の上京ということになった。

一夜、十数人の友人たちと離別の宴が催された。露月が立ち去った後の座敷の破《は》襖《ふすま》には、彼の漢詩が鮮やかに書き残された。

明日秋風萬里身　（明日は秋風万里の身）
離筵今夜不知貧　（りえんの今夜貧を知らず）
最欣籬菊花初發　（最もよろこばしきはりぎくの花初めてひらくを）
一陣清香送主人　（一陣のせいこう主人を送る）

羽後から南部へ続く平和街道（平鹿郡の「平」、和賀郡の「和」の両方の郡名の頭文字を採って命名）は、このあと何度か繰り返される露月上京の道となった。

未来の扉を拓く藍色の風が露月の頰を撫でている。露月は我に返った。夕日はとっくに沈んで、辺りは濃い夕闇に包まれている。

医師の実地試験が迫っていた。

明治三十一年四月、露月は再び医師の実地試験に挑戦した。試験場となった永楽病院の一室には、寝台に一人の患者が横たわっていた。傍の机に試験官二人が冷ややかに座っている。

「君、この患者を見給え。既往症《きおうしょう》はこれだ」

髭の試験官は病歴を書いた紙片を露月に渡した。

「診察は十分間だよ」

と、もう一人の若い試験官が時計を手にして告げた。

寝台の患者は飴売りの爺さんのような身なりをしていた。後期臨床試験に含まれている「打診法」。患部に左手の掌を当て、その上から指で叩く。音の微妙な違いで、病状を判断する．露月は聴診してみて、とにかく結核に相違ないと診断した。

するとと髭の試験官は矢継ぎ早の質問である。

「肺結核は誤診でない。さて肺の病的変化はどういう具合になっているか。また、どうしてそれを証明するかね」

露月は質問には答えたが、試験官の意表を突く質問に一瞬まごついた。試験場を退くとき、前期試験を終えたときのような自信が湧かなかった、露月は友人の待つ下宿屋に帰ったものの心が晴れなかった。

いよいよ合格発表の日。結果は試験場の控え室に掲示されることになっていた。既に合格していた友人から、一緒に見に行こうと誘われたが、露月は自信がなく友人に確認を頼んだ。

しばらくして、玄関が何やら騒がしい。友人が下宿屋のおかみさんに、露月の好成績を報告する声であった。

「ははははは！　バンザイ！」

大きな声と笑い声が聞こえる。露月には、すぐには信じられなかった。しかし、まんざら嘘でもないようなので、人力車を飛ばして試験場に向かった。

控え室の入り口付近に、受験番号を書いた紙が貼られていた。紋付羽織の人、絹衣装の髭のある人、小倉袴や兵児帯《へこおび》の書生風などが大勢詰めかけていた。「三」「五」「十」「十七」などと飛び飛びに書かれていた番号の中に、確かに「三十三」という露月の受験番号。

「あるある、ちゃんとある」

露月は思わず声を上げた。胸の底から熱いものがこみあげてきた。

田舎の母に手紙を書こうと下宿に帰ると、友人は肉と酒を頼んで、お祝いの準備をしていてくれていた。露月はわずか二合の酒に酔いしれた。

「だが、合格だけでは半人前、これからが大事だ」

そう考えていた露月だったが、例年の脚気が起こった。やむなく転地療養を兼ねて一時帰郷することにした。

ところが難問が持ち上がった。松山版「ほととぎす」に深く関与していたことであった。露月は七号から十九号まで寄稿し、子規の要請により十三号から十六号と十八号の選者であった。読者は露月の選を励みにしていた。露月の心にも「ほととぎす」への愛着が深く芽生えていた。

露月は意を決して、送別の辞を書いた。それは明治三十一年六月二十日付に掲載された。


われ、この月の末に秋田の田舎に帰らんとす、人この文を見んころはわれは草長き渓間《けいかん》に降り立ちて真清水をのまんと行くなり。


露月の記事を読んで、露月が遠く秋田の人だと初めて知った読者が多かった。露月はこのことの一端を、秋田の知己である安藤和風への手紙に書いた。

和風からはすぐに返書が届いた。

「ほととぎす」読者へ送別の辞、とてもよかった。脚気で再び秋田に帰省する機会がありましたら、下宿料稼ぎに数カ月、秋田新聞の記者待遇で健康の回復を待つことにしたらいかがですか。

心の込もった和風からの熱心な勧めであった。

秋田新聞の社主は男鹿出身の斉藤鹿山《ろくざん》といった。本名は篤《あつし》。慶応二年二月生まれで、明治二十九年に南秋田郡五城目出身で慶應義塾出の福田笑迎《しょうげい》と明治二十七年に秋田新聞を創刊した県内ジャーナリストの草分けであった。

　鹿山と和風は慶応二年生まれの同期で旧知の間柄である。

六月二十四日、帰郷した露月は、実家の女米木でなく秋田市に留まり、秋田新聞の記者として働くかたわら、今後の身の振り方について、和風や鹿山と語り合った。

　短夜を語明かしてしまひけり　　露月

七月六日付の秋田新聞に露月は柿八の号で筆を執った。柿八を使ったのは始めてだった。新聞の記事はすぐに悟空らの目にとまった。柿八が実は露月であり、脚気で帰省していたことを悟空は喜んだ。直ちに書を寄せて教えを乞うようになった。

露月にとって望外の喜びだった。七月十八日、露月は子規へこの喜びを早速手紙で送った。

小生は我故国に是程までの味方の居るとは夢にも思はざりし事なれば、誠に羞かしくもあり嬉しくもあり。

子規が「陸前百文会《ひゃくもんかい》衰へて羽後北斗吟社盛なり」（「明治三十二年の俳句界」）と書くのは翌年のことであった。

脚気の癒えた露月は十月十三日、六度目の上京をした。すぐさま子規の世話で麻布六本木の高橋二松堂病院でインターンとなった。根岸庵での「蕪村句集」輪講へも参加した。

その月の二十九日、本郷の露月の下宿先に子規から思いがけない内容の書簡が届いた。同じ東京に住んでいても子規は、重大な心の内を手紙で打ち明けることがあった。

今度ホトトギスを東京に移すについては僕はあまり進まなかったのだ。併し虚子が是非やるといふから死を決したのだ。

世の中の人は（我々の仲間さへ）此一雑誌を軽く見て居るのだろうけれども僕は最早ひくことが出来ぬ行掛りになつて居るから、ホトトギスが倒れるやうなら僕ァ生きて居ないつもりだ。

虚子がやると云ふたとて金が澤山《たくさん》ある訳でないから、若し遣りそこなつたら二、三号で倒れるかも知れぬ。其時は僕がのるかそるかの時だ。それを思ふと甚だ心細い。又心細いと同時に気も立ってゐるから癇癪《かんしゃく》も起こるのだ。

ここ迄書いて来て何故か悲しくなってしばし泣いて居た。僕が泣いたのは十二、三歳以後今日が始めてだ。

露月はしばらく次に読み進めなかった。

――子規は泣いている。叫んでいる。残された生命と時間を凝視するなんという眼差しの険しさか。

如くあるべし、と露月は子規から諭されたように思った。

秋雨が音もなく降る午後であった。

第四章　暁の白桔梗

第一節　京都・東山病院

明治三十二年の東京は大雪であった。一月三日、露月は虚子を訪ねた。新年詣である。このあと子規庵への詣の予定だった。

「よう来てくれた、露月の大好きな愛媛の銘酒あるぞい」

虚子は昼飯に酒の燗をつけて待ってくれていた。

「芝居見物した後の牛鍋屋は旨かったナ」

二人は昨年暮れの十四日、泉岳寺を訪ねたあと浅草界隈で遊んだのだ。明けて、二人で根岸の子規庵を訪ねるのも正月らしいことであった。

「お二人が来られましたよ」

子規庵では八重と律が酒を準備して待ってくれていた。

「ほう、よう来てくれた。清と露月が揃ってこそ、我が家は正月だもし」

子規は布団から不自由な身体を起こして歓迎する。

「ノボさんも一杯やりたいんじゃろう」

八重は子規愛用の杯に酒を注いだ。

「うん、乾杯じゃ」

こうした正月の風景は毎年のことであるような雰囲気が流れた。

「暮れの芝居見物の続きを話してくれよ」

子規は、浅草の賑わいに楽しそうに耳を傾けた。

「ところで露月君の病院の代診は気にいってくれておるんかいのう」

子規はしきりに気にしている様子である。

露月は正直に、

「本格的なインターン実習をしたいもんじゃ」

と本音を漏らす。高橋二松堂病院は名ばかりの病院で設備は貧弱だった。外科の手術は赤十字病院で行われたが、代診生の露月は死体解剖や手術は傍聴するしかなかった。

その日からまもなく、子規より露月宛のはがきが届いた。

「来る二十五日午後より小集あり。泊まってよければ来給へ」

とある。

露月の高橋二松堂病院での代診生活を気づかっての発会式（句会）への誘いだった。

——泊まってよければ、とは子規君の心配りだ。

露月は嬉しかった。だが、二十五日の句会には参加できなかった。

露月が顔を出したのは一月八日の新年発会である。新年発会の席題は「大雪」だった。

大雪の峠越えたる物語り　　露月

露月の句は五点を得た。同じ五点に把栗《はりつ》の句があり、子規は四点と一点で計五点。

露月は好調で、合計十二点の断トツ一位だった。

根岸会の習慣で一位の人が会稿を貰って持ち帰ることができた。

まもなく、子規より露月宛のはがきが舞い込んだ。これには、
発会式の君の選句に「袴はいて宮の煤《すす》履く男かな」という句があるが、これは君の句じゃないか、ハッハハ。

と書かれている。

露月は自作の句を選んでしまったのだ。

――これは大失態。

露月は頭に手をやり、思わず苦笑した。初心者であれば、ままあり得る失敗であるが、露月は初心者とはいえない。恥ずかしかった。

露月が強く願った本格的なインターン生活は意外な形で実現した。露月の脚気が例年より早く起こったのである。心悸亢進《しんきこうしん》して呼吸も苦しく、病院には人力車に揺られて移動する始末だった。子規より一月三十一日付で「俳諧大要」が届いた。

「俳諧大要」は子規が明治二十八年「日本」新聞に連載したもので、写生論を軸に

子規が自らの俳句理論を体系的に論述したものであった。同封に子規の添え書きがあって、転地療養を勧める内容が書かれている。

「脚気再発じゃ、見ておられん」

子規は、すぐさま京都の俳人・中川四明へ就職の世話を頼んだ。

中川四明は京阪満月会の機関誌「懸葵《かけあおい》」を創刊（明治三十七年）したことで知られる、後に京都俳壇の軸となる人で，東の鳴雪・西の四明と併称された。

子規の中川四明宛書簡には、次のように書かれていた。

今般石井祐治氏（露月）脚気にて当地滞在出来難きやうに相成《あいなり》、さりとて転地療養の余裕もなく已むを得ず転地と出稼ぎを兼ねて御地へ出かけ候事に相成り……（中略）……この男正直者にて中中《なかなか》見識は高き方なれど口不調法《くちぶちょうほう》にて（秋田生れ）お世辞もお辞誼《じぎ》も知らず俗世間には不向きなれどその癖一文なし。同人は医師の試験は前期後期とも相済候故《あいすませそうろうゆえ》（併し実地経験少し）医師の代診か又病院ならば猶々《なおなお》喜び可申候、医の方でなければ、文学の方に御座候《ござそうろう》此方は前々日本新聞居りし経験もあり筆はたしかに候。俳句はほととぎすにて御承知の通りに御座候

金盡きて京に入る日や花盛　子規

子規が四明に対して遠慮がなかったのは、四明との浅からぬつながりがあったからだ。子規が「日本」新聞社に入社した頃、四明はすでに退社していたが、四明は「日本」創業・創刊の後ろ盾だった杉浦重剛の斡旋で「日本」新聞社に入っていた。四明の時事風刺記事は人気があり、「日本」新聞社退社後も折に触れて京都から寄稿し、社友のような位置にあった。


四月十日、露月は新橋駅から京へと旅立った。見送りは虚子一人だった。

「桜の花盛りだというのに病はつらいのう」

虚子は童顔の日に焼けた顔で、露月の顔を覗いた。実は虚子は高浜家の養子で、実家は松山の正岡家の北隣の池内家であった。虚子はそうしたプライベートなこともよく露月には話した。

「病気が少しでも回復したら、糊口《ここう》を得るよ。落ち着いたら手紙書くからナ」

露月は白い歯を見せながら、そう言った。

二人は互いに挨拶句を残して別れた。

春なかば病の何の別れかな　　虚子
使ひしててふ〳〵神と語るかな　　露月

「旅先では金に気ィつけてなもし」

虚子は念を押すように、懐を叩いてみせた。

——田舎っぽの露月は要注意。

虚子はそう思ったかもしれない。露月はこっくり頷いた。露月の懐中に二十円の大金がある。開業免許状の登録に不可欠の資金で、「日本」新聞社の社長陸羯南が出してくれたものだ。子規の計らいだった。そういうことも虚子はよく知っていた。

羯南は例によって、目を細めながらニコッと笑い、

「医者になるというが、ものになるかな」

「まあ　頑張り給え」

懐から皺くちゃのまま金を取り出し、ポンと渡した。羯南という人は、周囲に安堵感を抱かせる包容力があった。

春の人に吾もまじりて京に入る　露月

翌十一日、列車が京都七条駅に到着した頃はすっかり日が暮れていた。

翌日、露月は祇園「菊水」で昼食をとり、ぶらりと新京極へ出かけた。新京極の雑踏には何かが起こりそうな気配が立ち込めていた。

男鹿の斉藤鹿山《ろくざん》と茶店の前でばったり出会ったのも京の風のせいかもしれなかった。

「思いがけないことがあるもんじゃ。東京の人が京におるんかいの……」

鹿山は露月との突然の出会いに大袈裟にびっくりして見せた。福田笑迎と始めた新聞事業が経営難で続かず、浪人の身の鹿山だが、余裕が感じられた。まもなく始まる秋田県議選立候補への野心を秘め、髭を蓄えた表情には自信があふれていた。

二人はそのまま散策していたのだが、今度は露月の災難である。懐に入れていた財布をすられてしまったのだ。新京極ではよくあることだった。それにしても大金である。

――二十円が財布のまま、すられている。

露月は真っ青になった。陸羯南が用立ててくれた大事な資金である。

――盗《と》られたナ。

と、鹿山も露月の災難に気づいた。

露月は素直に鹿山に無心した。鹿山にとっても二十円は大金だった。すぐに用意はできなかったが、その日からほどなく、現金の入った和紙の封筒が露月の手元に届けられた。中に、二十円のほかに若干の小遣いまで入っていた。露月は震える手で和紙の封筒をいつまでも握り締めた。

露月が東山医院を面接のため訪ねたのは五月四日である。露月の面接担当は副医院長香山《こうやま》晋次郎であった。時折英語を交えたユーモアのある面接で、即刻採用ということになった。

露月は外科よりも内科が得意だったが、洋行帰りの院主の下で外科を担当することになった。結果としてこれは露月には幸いした。農村ではお産で母子が命を落とすことが絶えず、深刻なトラホームや慢性的な眼病に苦しめられていたからだ。

東山病院は明治二十一年四月十一日半井《なからい》澄《さやか》によって開院された、当時としては珍しい総合救急病院であった。患者も多かったが、病院全体が若々しく活気に満ちていた。驚いたことに病院内に図書館があった。

後継ぎの院長はその後、子息の半井朴《すなお》となる。癌予防学のパイオニアであった。

子規の紹介状を受けた中川四明が露月を東山病院に世話できたのは、四明が東京で塾を開いていた頃の塾生に半井朴がいたからだった。俳句が結んだ縁とはいえ、露月は明治日本の最先端の医学環境で医師への道を歩むことになった。


五月六日、露月にようやく中川四明を訪ねる機会が訪れた。露月は四明の邸宅の前に立ち、しばし家構えを見た。開き戸の玄関から勝海舟の「小自在庵」の額が書斎に見えた。書斎で四明は大阪朝日新聞連載の歴史小説を書いていた。

四明翁は屈託のない人だった
「よう遠い所をおいでに。脚気はどんなでござんしょ」

四明翁は京都弁で歓迎してくれた。

「このたびは大変なお世話になりまして」

露月は膝を折ったまま神妙である。

「まあ、まあ、そんなにかしこまらんと」

四明翁は露月の緊張をほぐすように心を配ってくれる。四明は嘉永三年、京都に生まれ、新聞に関係し巌谷小波《いわやさざなみ》らと共に初めて俳句に入った人で、俳誌「懸葵《かけあおい》」の創刊者である。

「子規君から露月君についての書簡が届いたんだが、消印が四月十日になっているんだ。家内も私も感銘したよ」

露月の胸に熱いものが込み上げた。子規の書簡は露月が新橋駅を発ったその日に投函されていたのだ。

露月の東山医院での医局員としての日々が始まった。救急患者の八割はお産だったが、若い露月が担当する回数が多かった。先輩医から宿直の当番を回されることが多く、露月の産科の腕はみるみる磨かれることになった。

外来患者の診察が済めば、部長に随行して入院患者を回診した。一日の仕事が終わるのが午後四時か五時頃。さらに医員四人で輪番の宿直があった。

夜中に往診の求めに応ずることもある。暁早く祇園の「一力」などの娼家に出掛けたりすることもあった。

休日ごとに名勝を探り、京、大阪の俳人と交わるなど、露月には気に入った土地となった。二十七歳の夏から秋に及ぶ四カ月の青春であった。俸給六級俸（十五円）との記録がある。当時巡査の月俸七円の時代だった。

そんなある日、露月は京都満月会の友人から真宗大学在学中の非無《ひむ》（暁烏敏《あけがらすはや》）を紹介された。

「あけがらす・はや、と申します」

そう名乗った非無は実直そうな若い学徒であった。額の広い角ばった顔の真ん中に安定した鼻を乗せ、唐招提寺に残されている鑑真《がんじん》坐像によく似た風貌に露月は驚いた。明治十年生まれの非無は、露月の四歳下だったが、二人が急速に親しくなったのは貧困という共通項であった。真宗大谷派の明達《みょうたつ》寺の長男に生まれた非無は説教師であった父と、清貧に甘んじ父に尽くした母の元で少年期を過ごした。

「鑑真という方は来日後、社会福祉施設・悲田院を設立し、飢えた人や身寄りのない老人、孤児を世話するなど貧民の救済に取り組んだ生涯でした」

非無は静かに露月に語った。宗教家でもない露月が非無以上に宗教家のように考えているところがあり、非無の語る鑑真の生き方は露月の中に深く刻まれるところとなった。

――哲学と文学は渉猟《しょうりょう》すべき。

この確信は露月にとって揺るがないものとなった。

時として、二人は石山寺に遊んだ。非無は独立者としての人間の解放を生涯のテーマとし、精神救済のため全国を行脚することが夢だ、と語った。露月は医療と文学を通じて貧困の農村を救済したいと熱を込めた。関西弁と東北弁、言葉は十分に通じたとはいえなかったが、二人は時間を忘れて語り合った。

それは東北の寂しい村に籠もる前の春風のひとときであった。

牛祭も近きに君は帰るのか　四明

満月会での露月送別（十月一日）の四明の一句である。

牛祭は陰暦九月十二日（新暦は十月十二日）の夜に京都市右京区太秦《うずまさ》の広隆寺で行われる鬼祭である。摩多羅神《またらじん》の役は白紙の仮面をかぶり、異様な服装をし、牛に乗って寺内を一巡して国家安穏《あんのん》・五穀豊穣《ごこくほうじょう》を祈る。露月が京都を発ったのは牛祭八日前の十月四日であった。

三十二年十月、露月は東京へ、そして郷里へと向かった。それは同時に明治、大正にかけて猛威を振るった赤痢、コレラなどの伝染病との闘いの始まりでもあった。出京に際し、露月は次の一句を遺した。

暁の星も消えけり白桔梗　露月

明け方の星が失せたとき、白桔梗が咲いていた。紫でなく白がいかにもまぶしい。白桔梗はいのちを育む花であった。

第二節　北斗吟社

露月が京都から東京に戻ったのは十月五日のことである。この間に根岸界隈《かいわい》は大きく変わっていた。東京版「ホトトギス」が発刊一周年を迎えていた。

十月二十一日、虚子宅にて一周年を記念して闇汁会が企画された。会者は露月の他、子規、下村為山《いざん》（俳号）・牛伴《ぎゅうはん》（画号）、碧梧桐、坂本四方太《しほうた》（本名・よもた）、虚子、鳴雪、大谷繞石《じょうせき》、松瀬青々《せいせい》、五百木瓢亭《いおきひょうてい》の面々である。いつもの馴染みのメンバーで、おのおの趣向のものを持ち寄った中に、露月は南瓜《かぼちゃ》持参で加わった。

一同が大鍋を囲んだ。露月の隣に子規が座った。それぞれ大きな鍋に箸を突っ込み、鼻息を荒くし、目を丸くして鍋に挑んだ。

まず鳴雪が「うまい」と大声で叫んだ。碧梧桐、四方太、綾石、子規、虚子が次々に、

「うまい」「うまい」

と声を上げた。

ところが、露月だけは無言のまま三椀を食べ尽くしていた。

「露月独り言わず、立ちどころに三椀を尽くす」

誰かが叫んだ。部屋中にドッと笑いがあふれた。後に子規は「闇汁図解《あんじゅうずかい》」に次のように書いた。

喰ひ喰ひて鍋の底に現るる時、第二の鍋は来たりぬ。衆皆《しゅうみな》腹を撫でて未だ手を出さざるに、露月黙々として既に四椀目《よんわんめ》を盛りつつあり。

そして、一句を添えた。

闇汁に打ち込まれたる南瓜かな　子規

「南瓜道人《かぼちゃどうじん》」との露月の綽名《あだな》は風貌と共にこの一句で知られるようになる。

二日後の十月二十三日、露月の送別句会が道灌山《どうかんやま》胞衣《えな》神社の茶店で催された。その日は曇りから午後には雨になった。虚子が持参した柚味噌《ゆみそ》によって柚味噌会となったのだが、これは子規の発案であり、趣向であった。

子規、露月、碧梧桐、虚子以外は、鳴雪、清々、蒼苔《そうたい》、繞石、四方太、為山、五城、肋骨《ろっこつ》、把栗《はりつ》など主だった子規門が参集した。子規にとって生涯最後の吟行となった。

障子を閉め、火鉢を囲んで、露月と碧梧桐が火鉢に炭を熾《おこ》して柚味噌を焼いた。巻《まき》鮓《ずし》、切鮓《きりずし》、黄粉飯《きなこめし》、パン、缶詰に長崎産のカラスミ、サンドイッチと一皿に八品と豪華な送別会となった。

子規は「ホトトギス」第三巻二号（明治三十二年十一月）に千七百字もの俳句評論を書いた。それは露月の肺腑《はいふ》を強くえぐった。

秋田の片田舎に怪しき物あり。名づけて露月といふ。混沌《こんとん》の孫《そん》、失意の子なり

と、子規は力を込めて書き出した。

子規は続けて、露月の安住（「得意」）を戒め、苦難（「失意」）の中にこそ新しい詩境が切り開かれることを諭《さと》した。

「怪しき物」「混沌の孫」の表現に、子規の露月に対する絶妙な比喩があった。医師に合格した露月を「得意の状眉宇《びう》の間に溢る」と形容し、「疾《と》く失意の郷に隠れ、失意の酒を飲み、失意の詩をつくれ」と励ました。

敢然と目の前から去ろうとした露月に、子規は二度も送別会で別れを惜しんだ。子規は寂しさを隠せなかった。車中の人になった露月は、席に埋もれるように目を閉じた。露月も寂しかった。

それを察した碧悟桐が宇都宮あたりまで付き添ってくれた。

露月を乗せた列車は、東北本線をまっすぐ北へ向かった。十月二十八日のことである。帰路、弘前に紅緑を訪ねた。前夜汽車泊にもかかわらず、さほど疲れを感じない。紅緑との再会で、山のように話すことがあった。紅緑は嬉しそうな顔で身を乗り出して、

「よう寄ってくれたな。子規さんやみんなの様子ば聞かせでけれ」

紅緑が「日本」新聞社を去って一年ほどである。紅緑は生涯決して子規を呼び捨てにしなかった。

二人の話は、

「『日本』新聞社の庭の垣根越しに印刷機のガタン、ガタンという音が耳に残るわぃ」

「青いペンキ塗りの木造二階建ての新聞社の洋館が目に見えるようじゃ」

と尽きそうもなかった。

「まんず、記念写真じゃ」

一丁目の角に評判の写真屋があり、紅緑の申し出に露月は異存なかった。その「矢川みき写真館」は弘前市本町一丁目角にあった。二人は写真の裏にそれぞれ三句ずつ書き付けた。俳句添付の写真は、まっすぐ根岸庵に向かって投函された。

諸《もろ》ともに新酒の酔や国なまり　露月
道人と名を付けられし南瓜かな　露月
露月とは丸裸なることをいふ　露月
世に出でて団栗《どんぐり》といふものもあり　紅緑

菊の中に君も黄菊を愛すとか　紅緑
渋柿の句成る君に送らんと　紅緑

二人の即興の掛け合い吟を、子規は病床で受け取った。何とも嬉しそうな表情で不自由な身体を左右に動かしながら、露月と紅緑の写真を見比べた。

写真は紅緑が椅子に座り、その左側に露月が立っている。豊かな髭を蓄えた紅緑は、新調したばかりの羽織姿である。露月はベストの背広姿。どちらも借り物である。露月はネクタイを締め、薄く髭を立てている。おっとりした端正な紅緑に比べ、一歳年長の露月の決意を秘めた表情が印象的だった。

「すこぶる振るったね」

子規が気に入ったときに発せられる言葉だった。

「露月は黒い鬼灯《ほおずき》、紅緑は白い唐辛子《とうがらし》に似ておりますがの」

子規は写真の二人の評を遠慮なく口にした。そして短冊に短信と一句を添えて紅緑宛てに送った。

秋の色赤い糸瓜を畫《え》にかゝむ　子規

「赤き糸瓜《へちま》」とは子規のことである。貴重なツーショットは、子規の枕元に置かれ、しばし訪れた人たちの話題に上った。

紅緑と別れた露月は能代に到着した。明治三十二年十月三十日のことである。能代に露月は三泊した。大館までは雨まじりの空だったが、いつのまにか弱い日差しが差し込んでいる。しかし風は冷たい。能代では悟空、天風、江南《こうなん》らが出迎えた。天風は小坂徳太郎、「俳星」創刊時の編集長。江南（佐藤治助）は「北斗吟社」同人。悟空は後に明治三十三年七月から五工、大正十三年一月以降は五空の号で知られる。

「まんず、疲れたべ、風呂にでも入るか」

彼らは露月と一度会っただけなのに、旧知の友に対するような話し方である。むしろ露月が白面《はくめん》の青年であることに驚いているのだ。明治八年四月一日生まれの悟空は露月の二つ下だが、そこに年齢の差は感じられない。

「いや、待たせたのだから、すぐ話しっこ始めるべ」

露月も分け隔てしない。露月は生来が人好きな性格である。それは露月の生涯の事業に幸いした。

まもなく佐々木北涯が鵜川《うかわ》から、平川碧《へき》（平川竹治）が下岩川から駆け付けてきた。

北涯はこの日が露月と初対面だった。

「会いたかったス。これからよろしくお願いするス」

寡黙の北涯は遠慮がちに挨拶する。

「こちらこそ。『ホトトギス』でよく存じています」

と露月。「ホトトギス」東京版に北涯（佐々木久之助）や鵜川四曜会《しょうかい》の記事が掲載されていたので、露月は名前を知っていた。

北涯は慶応二年十月一日、山本郡鵜川《うかわ》の人。露月より七つ年長だが、その辞の低さは生涯のものだった。北涯は三十年八月二十日、能代一池亭《いちいけ》で悟空ら七人の青年たちと共に「北斗吟社」を旗揚げし、三十二年三月、俳誌「北斗」を創刊させたリーダーである。三十代半ばの北涯は、痩身ですらりとした体軀に髭を蓄えていた。

――懐の深い人だ。イメージが根岸の内藤鳴雪翁に似ているな。

初対面の北涯に露月は好印象を持った。後に県議会議員になる北涯には人を包む包容力があった。

「久しぶりの北斗吟社じゃ、海岸近くの盤若山頭《はんにゃさんとう》にて露月歓迎の記念写真といくべ」

能代で初の写真師を父に持つ玉井方公《ほうこう》の提案に一同異存はない。但し政治活動で多忙の北涯は残念そうに辞して帰ったので、記念すべき一葉に納まっていない。

記念の写真は前列左から江南、平川碧《へき》、露月、方公。後列左より天風、宮越文星、西村古瓢、島田悟空が写った。翌年三月の「俳星」創刊への希望にあふれた一葉はこうして生まれたのだった。


十一月三日、女米木に着いた。久しぶりの生家を前に、露月はじっと立ち尽くした。土地の訛《なま》りで「ヨソエン」（与惣右衛門の略）と呼ばれた生家は、裏山の杉の大木を背に、変わらぬ風格で露月を迎えた。

——よう帰ってきたな。

露月の耳元に、祖父の声がする。

その祖父・与惣右衛門はすでに鬼籍に入っている。文化二年生まれの与惣右衛門は、戊辰《ぼしん》戦争時には長百姓《おとなびゃくしょう》の任にあってその時の困難を支えた。長百姓とは肝煎りを助け、不都合あれば肝煎りになる重責だ。

「今、帰りました」

露月は入口の厩《うまや》付近に向かって大きな声をあげた。

家の三和土《たたき》から長兄・与八の子どもたちが我先にと走って出てきた。

「お帰りなさい」

「ご苦労様」

「うんうん！　無事で何より」

長兄の与八が、母ケンが、待ちかねていたかのように玄関に姿を現した。

祐治は明治六年五月十七日生まれ。父・常吉が三十九歳、母・ケンが三十二歳のときの子である。既に与八のほか、タマ、サト、サキの三人の姉がいたが、その後、弟の末吉が誕生した。姉たちはそれぞれ縁づいたが、長姉のタマは前年死去している。

古里で露月を待ち受けていたのは医院開業準備の整わないうちの往診依頼であった。無医村では露月の帰郷を待ちきれなかったのだ。

往診の依頼は地元だけでなく、三里、四里と離れた地域からの遠距離の依頼もあった。そんなとき、与八が往診用に農耕馬《のうこうば》一頭を用意してくれたのには助かった。

「祐治、手綱《たづな》はしっかり握って、馬の胴体を両足でしっかり締めるんだぞ」

与八は農耕馬の扱い方に不慣れな露月に、厳しく注文をつける。背丈がなく、足の短い露月に裸馬の広い背に慣れるには時間がかかった。

「祐治、あちこち道が緩んでいるから、気ぃ付けれよ」

母のケンの白髪はいっそう白くなった。露月はあらためて祖父の位牌の前に額ずいた。

戊辰戦争で村々の大半は兵火に遭ったが、肝煎り格の生家は最初に火を放たれた。祖父は幼い露月に当時のことを何度も語り聞かせた。

「あれは慶応四年八月十八日のことじゃった。賊軍が高尾山を越えて攻めてきて、村の家はみな焼かれたんじゃ」

賊軍とは庄内兵である。奥羽越列藩同盟から離脱した秋田藩は東北諸藩から攻められ戦場となった。祖父の口調は淡々としていたが、戦争の恐怖は幼い露月に伝わってきた。慶応四年、八月十六日から二十日までの間に雄物川の西岸に並ぶ女米木村八十三戸のうち五十三戸が庄内兵の放火で焼失した。

女米木村には三百人の秋田藩兵士が陣を張っていたが、残った船も持って退却した。女米木の村人たちは庄内軍の前に置き去りにされ、わずかな食べ物と家財を持って山や川岸の藪に隠れるしかなかった。

「刈り入れた稲にはほとんど実が入っていなかったんだ。間もなく降り続いていた雨は雪になってナ。戊辰の年はまれにみる凶作の年だった」

手振り身振りを交え、祖父の語る戦争の話は遠い昔のことではなかった。

露月の往診は翌日から始まった。
種沢村の平左衛門への往診は吹雪の中を渡し舟で雄物川を渡河《とか》しなければならなかった。碇田《いかりだ》村の東八《とうはち》宅からは夜中に呼び出された。土淵《つちぶち》村の加藤喜助や小種《こたね》村の小三郎《こさぶろう》（蒓江《じゅんこう》宅）には馬と船での往診となった。赤痢、コレラに似た症状もあった。やがて猛威を振るうことになる伝染病への緊張で露月の口はキッと結ばれていた。

暮に碧梧桐よりはがきがあった。

十二月二十四日の蕪村忌には子規庵に四十六人も集まり申候、鳴雪、四方太が床の間にあがるほどの盛況にて、ワシら六人は上野にて小懇親会に及び候。

碧梧桐には珍しい候文に、彼の得意が見えた。俳句革新のうねりは東京でも秋田でも大きな高まりをみせていた。

第五章　杣が妻

第一節　「俳星」創刊

明治三十三年が静かに明けた。この年は雪と寒さの厳しい年で、やがて吹雪を伴う寒波が押し寄せた。

元日の朝、露月は若水迎えをする家兄与八の唱《とな》え詞《ことば》で目を覚ました。まだ真夜中である。水神祭りが終わった土間では臼が伏せられ、その上に高尾山の湧水を満たした手桶が置かれている。

あらたまの年の初めにいのち永らえ、
ひしゃくを取りて
よろずの宝を汲むぞ集むーる

与八は唱え詞を三度繰り返した。

若水を汲む家の主人は、誰にも見られず誰とも話してはいけない。露月はじっと息を殺して唱え詞を聴いていた。

――東京や京都と違い、秋田は寒い。

露月は独りごちた。

玄関の三和土に立つと、顔見知りの分家筋の何人かが、雪車《そり》いっぱいに雪を積んで黙々と除雪作業をしているのが見える。台所では若水で雑煮作りをしている兄嫁。子供たちはランプの火屋《ほや》磨きの手伝いだ。ピーンと張りつめた緊張感が漂っている。

「ヨソエンの祐治さん、医者になったどヨ」

「ほー、たまげだゴド」

「なんぼでも手伝いしなくては」

分家筋と村人との話し声が露月の耳にも聞こえてくる。

「祐治、神棚と仏壇拝んだら、お神酒っこ下げでけれ」

仏前にローソクを点した母親のケンが声を掛けた。神棚には足高のお膳、三枚のお供え餅、その上にみかん、ゆずり葉と松の葉が添えられていた。土間の鋤や鍬などの農具にも注連縄とお供餅は欠かせない。

仏壇には露月の医師免許状が供えられた。一家のまばゆいばかりの宝物なのだ。

外が急に賑やかになった。近所の男たちが「夜籠り」から帰ってきたのだ。夜籠りは夜を徹しての祈願と初日を拝むことを目的に行う。高尾神社では宮司が大晦日から六日まで観音様の社で身を清める。この間、宮司は一日二食、粥か精進料理で過ごす。

一月のある日、露月は小学校に荒木房治を訪ねた。女米木小学校の校舎まで生家から五分とかからない。地域の人々の力で建てられた学校は木造二階建て。一階と二階に教室がそれぞれ三つずつあった。冬休みで子どもたちのいない校舎は底冷えがする。

職員室では荒木が囲炉裏に火を熾《おこ》していた。五徳の鉄瓶から湯気が立ち込んで、既に熱燗の準備がされている。その湯気の向こうに痩身の荒木の顔が見えた。露月より一歳上の荒木だが、大人びて見えるのは鼻の下に蓄えられた髭のせいばかりではない。この年の十一月九日、校長に昇格する荒木にはもうそれらしい風格が備わっている。既に妻帯している荒木は学校に隣接の官舎住まいだった。

荒木は明治五年の生まれ。荒木家は一六〇〇年代の後半、亀田藩主二代目の重隆公のとき、御鷹匠役として召し抱えられ、二人御扶持（納米五石）であった。五、六代頃には文書役から家老御用達に進み、七代に至って知行取席に列した学殖優れた家系といえた。

荒木房治は鷺郷《ろきょう》という俳号を持っていた。鷺の号は、亀田藩では歴代藩主の雅号に多くみられ、由緒ある俳号に、荒木は藩士としての誇りを抱いていた。

「上燗だすよ、まず新年の一杯といきましょう」

荒木はそう言いながら露月の杯に濁り酒を注いだ。濁り酒独特の甘酸っぱい香がツーンと広がる。

「子どもたちに、うんと本を読ませたいものじゃ」

露月はいつもの夢を語りだした。荒木はぐいと盃を仰ぎ、露月はちびりちびりと飲んだ。

「学校に文庫を作ること。子どもたちに本に触れさせて、卒業後も利用できる殿堂にしたら、ええべな」

荒木も胸に温めた構想を一気に吐露した。村の更生は教育から。二人はこの一点で堅く繋がっていた。三年後の明治三十六年女米木尋常小学校に「校友会文庫」が生まれることになるが、全ては、この日の語らいから始まったといえた。

悟空宛に子規から待ちに待った書状が届いたのは一月二十七日だった。羽後で生まれる新しい俳誌の命名についてであった。子規自筆の題字も同封されていた。この書状は間もなく露月の手元に届いた。明快な文面である。

拝復　雑誌御発行の由奉慶賀《けいがたてまつり》候。名前は北斗杯《など》面白く候へども多少御差支《さしつかえ》の趣に付「俳星」と命名致候。寒花などいふは面白からず存候。ホトトギス、車百合、芙蓉《ふよう》、フブキ、埋木《うもれぎ》、等皆同一趣味の名号故《みょうごうゆえ》少し風変わりに「俳星」などいふはよろしきかと存候。露月にはめったに御出逢無之哉《おであいこれなくや》、御序《おついで》があったら、晩酌をやめて、ちと句でも文でも夜なべに作ったらどうだと御伝被下度《おつたえくだされたく》候。　規

露月は、
――晩酌をやめて、は子規子のワシへの戒めだな。
と受け止めつつ、子規の俳誌への期待の強さを思った。
露月は創刊号の巻頭に掲げる一句を詠んだ。

　鎮守府《ちんじゅふ》の将軍星や王二月　　露月

「鎮守府の将軍」とは奈良、平安時代に陸奥・出羽両国の蝦夷《えみし》を鎮撫《ちんぶ》するために置かれた長官のこと。露月はスケールの大きな夢と決意を「将軍星」に込めた。

「俳星」創刊号の編集会議には悟空、北涯、天風、碧など主要メンバーが集まった。

「原稿はまだ足りない。とにかく第一号を出すことが先決だな」

悟空は語気を強めた。

「最終的にどのくらいの分量になるんだべ」

碧がやや心配そうに天風をみる。

「菊判十七ページほどになるな」

がっしりした体軀の天風は淡々として、

「二号、三号と末広がりでゆくべえ」

そう言いながらも、眼鏡の奥に自信をのぞかせていた。


北涯は心配そうな一同を見回してニヤリとする。露月が傍らで観想している。子規門下の俳人たちの好意的な動きを知っていたからだ。子規は病床にありながら、その賛助の手は温かかった。創刊号は子規、内藤鳴雪、福田把栗、松瀬青々、佐藤紅緑、二号以降には高浜虚子、河東碧梧桐からの寄稿など日本派総出の応援があった。

創刊号は郵税含めて一部四銭、発行後三日で売れ切れとなった。悟空の売り歩きが功を奏した形だ。北涯の読みの確かさもある。北涯は農業を生業としながらも詩情豊かな俳人だった。きつい農業労働に鍛えられた彼の人生には詩と歌があった。

この年、露月は居村の戸米川村と対岸の種平村の村医を委嘱された。慣れない中での診療の慌ただしさが増していた。患者に薬を与えても名前も聞かずに帰す始末であった。そんな多忙な日常を、露月は子規への手紙で報告した。それに対して子規から三月二十四日付けのはがきが舞い込んだ。

雪車にものり玉へ、手車もこしらへ玉へ、医者が車にのるのは贅沢の沙汰にあらず急病に間にあふため患者の内を多く廻るためなり。若い内に苦労するのは大賛成なれども餘り我慢をして僕のやうになっては損なり。俳星へはつまらぬ物を贈りたり俳星という名に對して永続させてもらいたい。

俳星への「つまらぬ物」というのは、二号の巻頭を飾った子規の俳文「春浅き庵」のことだった。次のようにあった。

仕事はいつも充つ満つたれど、夜毎の発熱度高き時は筆をとることもならず。さりとてむつかしき書読むべくもあらねばたわい無きことに送る数時間、時惜しむ心あせれどせんもなし。すこやかなる人の二夜も三夜も酒飲みあかして猶足れりと思わぬげに遊び狂ふは時間の経過を感ぜるにやあらん

そこには限られた「時間」というものへの厳しい戒めがあった。露月は「はっ」とした。子規は「病牀六尺」の日々にあえぐ苦悶の中で、「すこやかなる人の二夜も三夜も酒を飲み明かして猶足れり」とする露月を深く見ているのだった。

七月二十七日の昼、盛岡から岩動炎天《いするぎえんてん》ら杜陵《とりょう》吟社の若い俳人たち五人が忽然と女米木の露月を訪ねた。「俳星」発刊のニュースは、たちまち広がっていたのだ。

露月宅では突然の来訪五人の若者に大いに慌てた。客人に提供する下駄の用意もままならず、高下駄を取り混ぜて使用してもらう始末だった。

一行は露月の案内に従って、高下駄を踏み鳴らしながら山道を登った。そして最も眺めのよい丘の芝生に座して、露月の指さす陸羽の連山、秋田平野の眺望を楽しんだ。やがて夕暮れの山野に白く浮き立つ夏の草花を楽しみ、蜩《ひぐらし》の声を聞きながら山を下った。

露月は途中で手折ってきた百合の花を薬の空き瓶に挿し、蚊帳に入った。深夜寝静まった診療室のテーブルには折からの夏の月に照らされた百合の花がいのちの光を放っていた。

そんなある日、露月が往診から帰った生家に来客があった。新屋の森川船頭である。家兄や母親とは既に話が済んだものらしい。家兄がかしこまった顔で露月を呼んだ。

「祐治、嫁のことじゃが、船頭さんがわざわざ良い話っこ持ってきてくれたんじゃ。茶町の菅原新五郎さんの娘さんで、コトさんという娘さんを紹介してくれてナ」

森川船頭は船便などで露月も顔見知りである。船頭としては小柄な森川だが、仕事が手堅く信頼されていた。

「茶町の菅新さんには、いつもお世話になっておるんだが。荷物を配達するたびにきちんとした挨拶される娘さんが居てな。今どき珍しく感心な娘さんと思うてな」

茶町菅新は明治初年開業の老舗で、味噌、塩、醤油や雑貨などの商いをしている。明治十九年の俵屋火事や秋田座の災禍で二度も全焼したが、三代続く暖簾をしっかり守り、新五郎・ナカ夫妻は一男七女に恵まれていた。コトはその三女だった。露月にとって突然だったが、しだいにコトという娘に対するイメージが膨らんでいくのを抑え切れなかった。

誰よりも母親のケンが、この縁談に乗り気だった。

「医者としてのお前の仕事は、朝晩お構いなしでナ。お前の体をしっかり支えてくれる人が必要だからネ」

両家の酒立ては十一月の吉日に行われ、挙式の日取りは来年六月十六日と決まった。自宅兼病院の建築も雪解けを待って土台まわしをすることになった。

縁談の話は分家筋から村全体に広がるのにさほど時間がかからなかった。「祐治の嫁っこ」はそれほど村人の関心の的だったのだ。十二月八日、露月が薬価の支払いに定めた日だ。さっそく近所の安藤助太郎と高橋金十郎が酒を持ってきた。二人とも村では祝儀に欠かせない取り持ち（司会）名人だった。

「なんと母さん、えがったごど。ご祝儀の簞笥担ぎ唄だば、ワシの出番だからナ」

助太郎が赤ら顔で言う。今日の名曲「秋田長持ち唄」の元唄である「簞笥担ぎ唄」は秋田市周辺の農村部ではどこでも唄われた嫁入り道中の素朴な唄である。

「高砂はワシだからナ」

と金十郎も負けてはいない。

「はいはい、分かりました。取り持ちはお二人にお願いするシ」

ケンも喜びを隠さない。

明治三十三年はこうして暮れを迎えた。

その年、子規庵での蕪村忌は十二月二十三日に行われた。蕪村の忌日は二十四日だが、たまたま前日が日曜日だったので一日繰り上げて行われたのである。会者は三十人。五工から秋田名物の鰰《はたはた》が贈られ、座は大いに盛り上がった。

ところが子規の病状が進行し、起きて参加できなかった。翌日、根岸の写真師春光堂が来て写真を撮った。子規は背中を伸ばせず、横から斜めに写した。この写真は結局、子規生前最後のものとなった。

根岸の庭には枯れた糸瓜の蔓が棚にからまってカラカラと音をたてていた。

第二節　モルヒネを告白

芽を吹いて諸木の競《きそい》心かな　　露月

雪国の春は厚い雪の下で準備される。明治三十四年は雪解けを待ちかねたように露月の新居の土台まわしから始まった。

「女米木字宝生口一九二」が、分家する露月の新しい住所であり、終《つい》の棲家《すみか》となった。そこは露月のお気に入りだった。藩政期に村の肝煎りだった安藤権三郎の屋敷跡で、盆踊りが毎年行われる広場だったからだ。

その後、高橋八十郎屋敷となったが、いわば村人たちが心を寄せ合ってきた場所であった。生家では露月の医院開業を考え、表通りにあるその一等地を露月のために用意したのだった。新居は高尾山の懐に抱かれ、目の前に雄大な雄物川の流れを見渡すことが出来た。

家の土台をつくる土突《どづ》き作業は大事である。石臼や大木を輪切りにした「亀の子」に数本の綱を四方に付け、それを十数人の引き手が引いて持ち上げ、突き落とすのだ。「土突き唄」が始まると、引き手が唄いながら一斉に作業を始めるのだった。

ヨーイヨーイ　ヨイヨイヨイ
アリヤリャン　コリャリャン　ヨーイトナー
揚げれ揚げれと　この石揚げれ（ハイハイ）

揚げて下ろせば（ノオ）土締まる

音頭上げの高橋金十郎は、美声に加え、なかなかの男前である。人夫にはもんぺ姿の近所の女たちのほか、露月の鉢巻姿もほほ笑ましい。作業の指揮を執っているのは今忠助棟梁《とうりょう》である。「猫沢の今大工」として知られる腕利きだ。

「中二階に心の休まるような書斎欲しいス」

露月は何よりも書斎の間取りにこだわった。中二階には寝室と書斎の六畳間二つが欲しかった。

「ここのお医者さんだば、診察する場所より書斎が大事なんだべ。まあ、任せてけれ」

今忠助は自信たっぷりに言う。狩の好きな棟梁の軒には獲物の雉子《きじ》が吊るされ、夕日に照らされていた。

吊したるきゞすに遅き日脚《ひあし》哉　　露月

石井医院の新築工事は順調だったが、祝儀の方が早かった。六月十六日、秋田市茶町の菅原新五郎の三女コトと露月の祝儀が執り行われた。一男六女の菅原家だが、コトの三女は戸籍上で、長女は夭折しているので事実上は二女である。コト二十歳、露月二十八歳であった。

その日は快晴だった。菅原新五郎商店は現在の日本銀行秋田支店の裏側にあった。花嫁を乗せた人力車は昼過ぎ、馬口労町の船場に向けて出発した。雄物川舟運の船は通町まで上ることもあったが、多くの場合は馬口労町が終点であった。

父親の菅原新五郎と兄の新蔵が付き添い、母親のテツや妹たちは店の前で見送った。店の庇《ひさし》には店の看板が掛かり、油、砂糖、麦酒《ビール》などの文字が読める。初代菅原新五郎は藩政時代より油売りの御用商人で知られていた。

二代目新五郎は温厚な表情に喜びを隠しきれない様子だ。父親ゆずりのいなせな長兄新蔵（三代目）は妻にミヱを娶《めと》り、店を切り回している。「菅原新五郎商店」の半纏《はんてん》姿がまぶしい。二人とも背丈はさほど大きくない。

雄物川を航行する中型・大型船の多くは新屋船であった。貨物専用だが、屋根を軽い茅《かや》で葺《ふ》いた屋形船だ。中型船には五人から九人の船若衆が、千俵積みの大船には十二人の船若衆が乗り込んだ。北風が吹くと帆を揚げ、風がなければ帆柱に巻きつけたロープを船若衆が船衆道に沿って引いていくのである。どこからともなく舟唄が聞こえてくる。今日「角間川舟唄」として伝えられる舟唄は「雄物川舟唄」のことである。

ちょいと待ってけれ　大保《だいぼ》の船場だ
一目行ぎ会《あ》エで　人いるよ
アヤしかだね　川目の渡し
姉ちゃ気つけれ　船こ見る　ヨイサヨイサ

一面に花咲く苔《こけ》や雲の影　露月

祝儀船を迎えての露月の一句である。船から見えた相川野の光景を詠んだものだ。祝儀船は相川の渡しに接岸した。コトの一行は馬車を仕立てて長谷部清九郎宅で衣装を調えた。清九郎家は露月の亡父常吉の実家である。そこで花嫁道中の準備をした。婚家までは花嫁の足でもわずかである。安藤助太郎と高橋金十郎の掛け合いによる箪笥担ぎ唄は夏の空に響き、土手の紫陽花を揺すった。

ご亭主ナー　今来たよ

タンスを渡す
開けてナーみしゃんせ　オヤ皆黄金
私しゃナー貰たってヨ
粗末にしないヨ
家のナー宝とヨ　オヤ納め置く

与惣右衛門の玄関先では露月、長兄与八、母親ケンがコトを出迎えた。

　初花に心もとめず杣《そま》が妻　　露月

杣《そま》とは木こりの意である。露月は句稿に「茗街《めいがい》菅原氏の娘を娶《めと》る」と記し、一句を添えた。

　瓜茄子《なすび》のころがり合へるえにし哉　　露月

茗街の茗とは「遅く採った茶」すなわち「番茶の街」の意である。露月の結婚は虚子によって「ホトトギス」六月三十日号の消息欄に書かれ一気に広まる。

露月とコトが本家から新宅に移ったのは七月六日であった。畳の入らない二階の部屋に露月はコトと二人で上がった。六畳間二つ、手前が寝室で奥が書斎だった。東に面した雨戸を開けると、川を隔てて向こうの山の頂に接した横雲が紫茜に変わり、日がまさに昇ろうとしていた。眼下には見渡す限り一面の稲田。微風は穂波を打つととももにコトの襟元をそっと撫でた。

「二階からの眺め、素敵ね」

コトはゆっくりと息を吸った。紅白の測量旗が田んぼの所々にはためいている。乾田事業が始まっているのだ。

「コトには何かと迷惑をかけるナ」

露月は慣れない田舎暮らしのコトを気遣う。女米木での秋田市出身者はコト以外誰もいない。手形の白馬寺と玉龍寺との住職交換で、白馬寺の住職一家が来る大正二年まで、町の話題の話し相手はいなかった。それでもコトは前向きだった。

「東京や京都からの沢山のお客さんに喜んでいただくわ」

手拭いで髪を包んでいるコトの白いうなじ辺りに、朝日がきらきらと輝いていた。

露月は新妻がいとおしくてたまらなかった。

七月二十七日午後一時、これから往診に出ようとするところへ郵便物が届いた。岩手の炎天の俳句集のほかに封筒が二通あった。一通は炎天、もう一通は東京上根岸八十二、正岡常規とある。露月はドキッとした。この年、子規からの便りは年賀のほか無かったからである。

——何か、あるのでは。

早く開けてみたかったが、不安がよぎり、露月はしばらく封をじっと眺めた。

封を切ると、紅唐紙《こうとうし》二葉が出てきた。一葉には、「新婚新築重畳之事《ちょうじょうのこと》存候」と書かれた後に一句が添えられている。

茄子臭《なすびくさ》き南瓜くさき契哉　　子規

さらに、ほかの一葉には、

小生一日一度位少量
麻痺剤を呑む

それが唯一の楽に候

七月廿七日　規

と四行に書いてあった。これだけだった。

「子規君からの祝句は一番の家宝じゃ」

そう言って露月は妻のコトにそっと紅唐紙を渡した。紅色は子規の好きな色だった。

しかし、今紅唐紙とその上に躍っている「麻痺」の文字に、露月は腸が蝕《むし》られるようだった。子規は最初のモルヒネ使用について、ほかの誰でもなく医師露月に告白したのだった。

明治三十四年秋、分家手続きの済んだばかりの山廬に北涯が訪れた。農業視察の途次《とじ》であった北涯は茣蓙《ござ》を身にまとい、菅笠《すげがさ》を手にした草鞋《わらじ》履きの姿である。露月とコトは大いに驚いた。

まだ畳の入らない二階の部屋に、北涯は二泊することになった。

「遠いところ、よくおざってくれたんス」

妻のコトは町ことばで北涯を心から歓迎した。色白で小柄な新妻に、

──笑顔が素敵な人だナ。

北涯はそう思った。何よりも嬉しかったのは、煮物に添えられた菊と豆腐の和《あ》え物だった。塩と砂糖で微妙な味付けされた和え物はコトの自慢の料理の一つだった。

「ウーン、うめえナ」

北涯は何度も繰り返してはお代わりをした。秋田八丈の袷《あわせ》に緋《ひ》ちりめんの襷《たすき》をかけて酌をしてもてなしてくれるコト。飾らないふっくらした横顔の新妻の傍らで、露月は満足そうにニコニコするばかりだった。

五尺五寸（約百六十七センチ）という長身に十五貫余（約五十六キロ）の体軀で盃をぐいと干す北涯。傍らで五尺（約百五十一センチ）十四貫（約五十二キロ）足らずの露月は、ちびりと空けた。

北涯は酒が回ると赤痢の話を切り出した。

「ワシも去年の五月、五工にはすっかり世話になった」

北涯は昨年五月、重篤《じゅうとく》の気管支炎を患っていた。北涯は能代の順信寺に滞留して療養していた。「俳星」刊行後の大事を取ったのである。

「医師の来ない日はあっても五工の来ない日はなかった」

周りから五工は、噂されるほど懸命に介護した。北涯に見出され、北涯を点者《てんしゃ》として学んだ五工は北涯の容態に緊張したのである。

「ところで五工さんお元気かしら」

コトも五工が気になる。八月六日に五工は可愛い一人娘の長女れん二歳を失っていたからだ。

「二日から急に容態悪くなってナ、家族は寝食忘れて介抱したんじゃが、六日の昼過ぎに五工の手を握ったまま死んでしもうたんジャ」

北涯は涙を浮かべる。

「五工さん、不幸が重なってお可愛そうネ」

コトも涙を浮かべる。二年前の秋にも、五工は出生即日で長男を失っていた。

五工は「俳星」八月号末尾の短信に書く。

僕にはこの悲しみが二度目である。七日目に仏を送るまで一切の用に手を触れなかった。これが「俳星」の遅れた原因である。基礎が丈夫たると云っても僕の吉凶がただちに影響するほど弱き「俳星」である。

事実「俳星」八月号は十日遅れの発行だった。五工の心配は杞憂ではなかった。露月、五工、北涯三枚看板の「俳星」は明治三十六年、北涯の県会議員当選でバランスが大きく崩れることになるからだ。北涯への政治家への転出志向に露月は既に複雑な思いを抱いていた。

草に鳴く虫や月夜のたまり水　　露月

第六章　十七夜

第一節　子規絶筆

明治三十五年は元旦から不順な天気が続いていた。暗い陰惨《いんさん》な雲からみぞれが降ったかと思うと、突然猛吹雪となり、筧《かけい》の水も止まるような寒波が押し寄せた。それは何か不吉な前触れを思わせた。

その中を露月は橇《そり》や渡し舟での往診に忙しかった。相川部落の渡辺五助や川向かいの左手子部落の佐々木幸吉にはジフテリア血清の注射に出掛けた。帰宅したのは夜十時を過ぎていた。伝染病患者は間違いなく広がっていた。

雪解けを待たず、伝染病の隔離病舎《かくりびょうしゃ》は川添村椿川字長者屋敷（後の旧沓澤《くつざわ》医院）と、大正寺村新波《あらわ》字竹の花（後の旧大正寺小学校グラウンド）に建設が始まっていた。大正寺村の隔離病舎は平屋三棟と大規模だった。戸米川と種平村二つの村の村医である露月の緊張感は高まるばかりだった。

歌をよむ妻もこもれり雪車《そり》の中　露月

妻のコトは暖かい風呂吹き大根と、お酒の燗をつけて待っていた。テーブルには「ホトトギス」「俳星」「秋田公論」が置かれている。妻も時々覗いているようだった。「秋田公論」は明治三十二年六月、秋田市大町で発行された日刊の新聞で創刊号から露月は愛読者だった（明治四十年五月終刊）。

冬の名物である風呂吹き大根は子規庵でも恒例で露月の好物だった。

家に帰って何杯目かの熱燗が露月の喉に染み渡ったころ、

「子規先生から手紙が来ているワ」

コトが子規からの書簡を大事そうに手渡した。

明治三十四年に入ってから子規の衰弱は一段と進んでいた。前の年初めから「墨汁一滴」、九月二日から「仰臥漫録《ぎょうがまんろく》」と子規の病中の手記は「日本」に連載されていたが激しい苦痛のために「仰臥漫録」は明治三十四年十月二十九日で中断されたままになっていた（翌三十五年三月十日再開）。その間、「ホトトギス」の「消息」欄が子規の病苦を伝えていた。

明治三十五年に入って、子規の容態は一層悪くなっていた。正月の半ばから、子規は病苦とは別に心の不安を訴えるようになったので、碧梧桐、伊藤左千夫などが子規の輪番看護に当たっていた。

露月は急いで封を切った。その目に飛び込んできたのは、

百年の苦痛は一日の快楽に如《し》カズ。


の文言だった。明らかに露月への反発である。

露月は呆然として深いため息をついた。傍らでコトの不安そうな視線があった。

「子規さん、お苦しいでしょうね」

露月はそれにはすぐには答えられず、読み終えた手紙をコトにも読んでもらった。

「長生シテ何ニナル」

と子規は言う。

確かに苦痛の百年は耐えがたい。されば、死んで何になるか。死ねば土になるだけだ。人間であったものが、人間でなく冷たい物になるだけだ。死者は「苦痛から逃れて、ああ、せいせいした」でいいのかもしれない。だが、残された者はどうだろう。

露月は何度もそのことを反芻《はんすう》した。

医師として既に多くの死を看取っている露月。先日、井戸で溺れた子どもの臨終に立ち会った折、一滴の末期《まつご》の水を含ませて今一度蘇生《そせい》させたいとの必死の母親の姿があった。母親は子どもにすがりながら「苦しいと言ってくれれば声を聞くことができ、ものが言えなくても生きていさえすれば顔を手足を見ることができる」と泣き叫んだ。

露月はその絶叫を忘れることができない。露月は机に向かい、その思いを込めて子規への手紙に書いた。


小生は大悪無道の人といえども彼の死せんことを欲せず候。況んや大兄の死に於いてをや。苦痛は苦痛で悲しく候へども、長生は長生でめでたく候。

小生は大兄の苦痛を見ること大兄の死を見るよりは、イクラ軽いか知れず候。即ち一日死延びて一日の慶《けい》と存じ候。

露月はここまで一気に書き、「ふう」とため息をついた。コトがお茶を入れてくれ、やがて露月の中に激しいものが湧き上がり、押しとどめることができなくなった。

露月は再び筆を執った。

明治三十五年の日本に、正岡子規と云ふ人が苦痛の大叫喚を放ちつつあることを、小生は手を拍って喜ぶものに候。

かくて三十六年も喜びたく候。三十七年も八年も喜びたく候、イクラ患者及び家人の請求あっても瀕死の苦痛を去りて安々と往生を遂げさせたいとてモヒの注射を多量にやる様なことはタダの医者でもせざることに候。

兎に角苦痛をこらえて長生専一と奉存候、決して誤解にはあらず候。怱々

手紙を書き終えると露月は再び居間に戻ってきた。中二階に寝室と書斎の六畳間二つ。居間は寝室も兼ねている。正月に畳を入れたばかりの部屋にはプーンと真新しい

畳の香ばしい匂いがする。

初雷や屏風の鴛鴦《おし》の驚かず　　露月

「苦痛をこらえて長生専一」では言葉が足りないのではないか。今夜は屏風の鴛鴦の眼が、露月に妙に食い込む。

露月は書いたばかりの手紙をコトにも読んでもらった。モルヒネをめぐって子規とは既に深い溝ができつつあり、不安だったからだ。

コトは読み終わると、

「真っ向からの長生説ね」

ポツリと、そう言った。

「モルヒネの件は医師としての本気だよ」

それは本当だった。クロラールといわれる麻酔剤を服用しながらも一向に効き目がなく、子規は泣き叫びながら、

「エー　馬鹿野郎、糞野郎《くそやろう》、コン畜生」

と、大苦痛を乗り越えようとしている。

——その子規に向かって、夫はあえて長生説をぶっつけている。コトはそう思う。それは医師の立場であるからこそ出来ることなのだ。

露月の見舞状に対し、子規からの返信はすぐ届いた。この書簡が子規の絶筆となった。

他人デサヘソレ程死ナセタキナキモノ　何デ自分ノ命ガ惜クナウテタマルモノカ其大事ノ〳〵命モイラヌ　ドウゾ一刻モ早ク死ニタイト願フハヨク〳〵ノ苦痛アルタメト思ハズヤ

君ガ僕ノ長生ヲ喜ブハ君ノ勝手ナリ　僕ガ僕ノ長生ヲ悲ムハ僕ノ勝手ナリ

君ガ頻《しき》リニ死ノ悲シムベキヲ説ケドモ其ノ悲シムベキ死ヲ喜ブ所ノ僕ニハ何ノ効力カアルベキ　長生説ヲ以テ僕ヲ喜バサントシタルガ誤解ナリ

東京デノ叫喚《きょうかん》大叫喚ヲ秋田デ手ヲ拍ッテ笑フタトテ聞エズ　僕ノ枕元デ手ヲ拍ッテ笑フテクレタラ　セメテハ叫喚大叫喚ノ間ノ拍子トモ聞テ楽ムベシ

君ニクラハシム三十棒、菩薩飯《ぼさつめし》ヲクフテ腹未ダフクレズ蒼天々々（中略）コレラハ皆叫喚大叫喚ノ曲ノ一節ナリ　其譜ノ面白キコト言語道断ナレドモココニ説明シガタシ　閑ト金ガアッタラ聴キニ来タマヱ

明治三十五年一月下旬　　規

この夜、子規は興奮していた。日記に「露月へ返事カク寝ラレズ、五時頃痛ミ止ノ薬呑ム」と書き付けた。それは明けて一月二十九日の暁であった。

子規は、

――秋田から訪ねてきて欲しい。生きることが苦しいのだ。生きることが大切なことは分かっているのに、長生を願わないのは、それほど苦しいからなのだ。とにかく上京して枕元に顔だけでも見せて欲しい。

と訴えているのだ。そして、叫んでいる。

――子規がこれほどまでにストレートに書いてきたことがあったか。

露月は、苦悶を訴える子規の悲痛に、その病状のただならぬことを察した。「医師の想像を超える患者の苦痛」があるのだ。そこに子規の激しい反発がある。露月は百雷頭上《ひゃくらいずじょう》に落ちるかのようなショックも感じた。

しかし、このとき露月の目に飛び込んできたのは、机上に置かれた伝染病の流行を伝える新聞記事だった。

明治三十四年十一月二十三日付の秋田魁新報である。「奥羽六県（新潟含む）赤痢患者数二万四千五百七十五人、死亡者四千三十九人」という大見出しが躍っている。秋田県でも昨年から赤痢患者が急増し、患者数三千四百二十九人、死者五百四十三人を数えていた。隣村・大正寺村の千種頼三医師からは、今年に入って一度に七人の赤痢患者が出た、という報告だった。そんなとき戸米川村と種平村の村医として、一時でも村を離れられるのか。伝染病隔離病舎への往診当番も決まったばかりだというのに。

――子規へどう書けばわかってもらえるのか。

露月の苦悶は激しかった。しばらくして露月はようやく筆を執った。

大兄の死を欲せらるるは道理、小生は死を悲しむも道理に候。去れば小生の道理を以て大兄の道理を圧せんとするは誤解に候べくも、これと同理屈にて大兄が「皆ガ長生ヲ賀スルカラ愈コマル」杯《ばかり》と大兄の道理ばかりを立てんとするも理不尽と存候。

三十棒寒椿　菩薩《ぼさつ》飯《めし》ヲ喰フ猫ノ恋　蒼天《そうてん》々《そうてん》

露月は出京のことには触れず、これだけを子規宛の書簡とした。やがて露月は子規と交わした書簡を「苦痛、長生、誤解」として「俳星」第二巻第十二号に掲載する。

しかし、このことが露月に思わぬ災禍《さいか》を及ぼすことになる。

その夜、露月は寝付かれなかった。何度も寝返りを打つ夫にコトは「眠り薬に玉子酒を温めましょうか」と気遣ってくれる。明朝は三軒の往診が予定されているのだ。

「ありがとう。でも明日は早いから眠るべ」

露月は目を閉じた。

子規が今になって「仰臥漫録」（明治三十四年九月十日）に、

「俳星」ヲ見ル露月ノ日記アリ　其近状《そのきんじょう》ヲ知ルニ足ル　我日記モ露月ニ見セタシ

と書いた気持ちが、露月には分かってきた。子規が生きる拠り所として書いた「仰臥漫録」。家族にも言えない心の煩悶を「露月ニ見セタシ」とは、余程のことだったのだ。露月は子規の孤独を思った。

そんな折の三月三日、珍しく虚子からの分厚い書簡が届いた。子規の病状だけでなく、介護する虚子の心中を赤裸々に吐露したものであった。

そこには、

半月旅中にありて帰り見れば其の間に於ける病勢の進歩全く想像以上

と書かれていた。

子規の食欲が減ってきたこと、食事も苦痛になり、ひと箸も喉を通らない日があること、モルヒネも効かなくなってきたことなど、どれも、かつて露月が知っている明治三十二年秋までの子規ではないことが長い巻紙に書かれていた。

露月が何よりも驚いたのは手紙を書こうとしたのが、子規自身であったことである。

書簡の冒頭部分に、

先日病苦呻吟の内、露月に手紙でも書かうかとの事にて、母君筆硯を傍らに置かれしも、終に筆を手にする能はず

とある。

これほどの烈しい病苦の中で、子規がなぜ露月への手紙にこだわるのか。虚子には子規の真意が理解出来なかった。しかしまもなく、子規に代わって虚子に手紙を出し

て欲しいのだ、と理解する。虚子は、そこで初めて子規と露月二人の手紙の存在を知るのである。

（丁度格堂君も座に在りしと記臆す）いつからか露月に手紙をやらうと思つてゐるのだが、唯一言、馬鹿野郎、といつてやりたいのだが、夫れがもう面倒臭くて（やるを抹消）筆をとる勇気がない。

おまへから一寸手紙をやつて置いて貰ひたい。下らぬ事だけれど誤解されてゐると思ふと（癪にを抹消）気になる云々と申され候。

虚子は悩む。子規の病状が「モヒを飲むが今にして何よりも楽しみなり。丁度酒飲みが酒を飲むような」日々であり「空を仰ぎ、目を見張り、大声を発して泣き叫ぶ」という病苦の様をいかに詳細に書いても、遠い露月に正確に伝えることは難しい。虚子は、しかし、と考える。露月の子規の病苦に対する誤解を解き、「先日の貴書の如き今日の子規君に送るものとして甚だ不適当」とのアドバイスは出来るのではないか、と。

一方の子規も、弟子としての常識的な人情からの露月の気遣いに厳しく反発してし

まったことが気になっていた。三月十六日になって碧梧桐が代筆して、

長生ノ解ヲ作ッテ贅言《ぜいげん》ヲナラベ我輩ヲ慰メントシタルガ君ニモ　似合ハヌ素人クサイヤリ方ト癪ニ障リシ迄ナリ。左千夫が俳星へ何やらを投書せしよしそれらは皆ウソなり

相変らず苦しいよ。時によると一昼夜にモルヒネ三服飲むことがある、二服は普通ナリ。医者の宮本さへ三月目位に僕の背中を見て驚いてをった。「是では痛いだろう」って。察して給へといっても君には察せられんよ。

との釈明の手紙を送ってきた。

左千夫の「俳星」への投書というのは、左千夫から五工宛の手紙を「俳星」第三巻第一号の巻末「片々録」稿で五工が紹介したものである。

そこには次のようにあった。

昨夜（三月十四日）根岸にて当直致候処、何か東京の馬鹿者が大いに某君を罵倒致候由にて先生の許へ露月君より手紙参り候由、先生曰ふ　僕も露月に誤解されて

困ったが露月も此度馬鹿者に誤解されて困って居るだらふ。露月は賢者ぶる男でない云々と申され候。

左千夫の投書に嘘があるというのは「露月が馬鹿者に誤解されて右往左往するような人間でなく、露月との間がそんなことで壊れるものでない」ことを子規が言いたいのだった。

五工が左千夫からの手紙を「俳星」に掲載するには理由があった。「俳星」第二巻第十二号に掲載した露月の「苦痛、長生、誤解」の稿に対して「露月は冷情漢なり」と漫罵《まんば》する匿名氏《とくめいし》の投書が「俳星」にあったからである。しかも匿名氏は「この投書を俳星に掲ぐる勇気が五工にありや」と煽《あお》ってきた。

ここで熱血漢五工の面目が発揮される。

「相手に勇気を問う前に、匿名氏こそ臆病を自覚すべき」

と逆襲。投書も露月に見せた。露月は

「この人逆上強し、大便の通じをよくすべし」

と一笑に付したのである。しかし、同時に子規、露月の間の小さな誤解が周辺に大きな波紋をもたらしていた。子規の「苦痛」という現実と露月の「いのち」への熱い思いの壁があるのだった。

五月十三日の子規の苦悶の姿は「ホトトギス」（第五巻第八号）（五月二十日号）に碧梧桐によって詳しく書かれた。同じ十五日の項に、

松山の親族へ電報を打とう。何と打とうか。サヨナラ、ネギシでわかるだろうか。ゴキゲンヨウ、ネギシとせうか、などと言はるるに到っては、小生の衷心矢も楯も堪らず。御親族への電報ならば看護人より打つかた穏やかなるべし、と異議を申立てしに、さらば露月にカツ、ネギシと打って呉れとて、電報頼信紙《らいしんし》を取り出さしめるなど、心細きこと此の上なく候。

と記された。（「カツ」は「喝」）

苦境に立つ碧梧桐。子規の脳裏に親類と並んで、とっさに露月のことが浮かんだというのである。露月は胸がかきむしられるようであった。

六月に入り、その碧梧桐から露月宛に相次いで書簡二通が届いた。うち一通は、六月十六日夜十一時と十七日朝に書いたもので、「コレヲサキニ見ヨ」「コレヲアトデ見ヨ」と二日分を便せん十六枚にびっしり書いていた。

子規は神経が興奮して居るから、なかなか看護がむつかしい。家人を叱りとばしたり、いやみをいふたり、そばで聞いて居れんやうな事が毎々だ。

と看護の大変さを訴えていた。さらに、

妹君は何一つ間食をするでもなし、衣類を買うではなし気の毒なものだよ。それを聞いて僕でさへ泣いたからなア。

と続け、

君が東京へ来るのもよいが、十分来るだけの理由（職務上の）がなくては却つて機嫌を損するよ。と言つて全然来るなといふのでもない。正岡も内々君に逢ひたいと思つとるのだから。

と、子規と露月二人の間を懸命に取りなそうとしていた。

かつて子規は碧梧桐を評して「彼は礼儀正しいが、何をするにしても人の後からやるやさしすぎるところがある」と言ったが、碧梧桐は明らかに子規と露月の間に挟まれてオロオロしていた。

封筒の裏には下谷上根岸七四とある。明治三十五年を迎え、一月十二日に碧梧桐は上根岸八二番地の子規宅の近くで、加賀藩の江戸屋敷と向かい合わせの家に移った。子規の看病に便利なところという思いをこめての転居であった。

碧梧桐は末尾近くに、

子規が死んだら少なくとも東京には居りたくないから、君の処へでも夫婦で食客に行くから養って貰へまいか。

と書いている。子規の深刻な病状が進むにつれて、介護する家族や俳友たちの緊張と混迷が露月には痛々しかった。

第二節　子規逝くや

明治三十五年の夏は例年になく厳しい暑さだった。露月が母親のケンから「左半身の知覚異常」を知らされたのはお盆の少し前のことである。

「毎日の草取りで疲れたんだべセ」

ケンは言う。そして、

「この秋に生まれるお前んところの初孫が楽しみだ」

と気にしない。しかし、露月は医者の勘で脳溢血の予兆だと直感したので、往診に出かける朝一番に、ケンの血圧や体調を診たりしていた。

妻コトのお腹には新しい生命が宿っていた。予定日は十一月初旬だった。

脳溢血がケンを襲ったのは秋口だった。左半身全体が麻痺する症状だった。

「ここしばらくが大事ジャ」

露月は自分に言い聞かせるように言う。脳溢血は発病直後の手当てが大事だった。

そんなある日、露月は妻のコトと共に実家に呼ばれた。

「お袋が大事な話があるみたいだ」

と与八が言う。元々白髪のたちであるケンの頭は既に真っ白で、六十一歳の年齢よりも老けて見えた。広い額には二十代で夫を失い、苦労した刻印が刻まれていた。ケンはやや不自由な口だったが、しかしきっぱりと、

「子規さんところへ見舞いに行ってたんせ」

「お前にとっては神様みたいなお人だべ」

と続けた。

そう言われて露月は改めて子規への恩を思った。

「祐治、コトさんのお産だば大丈夫だ。産婆だば九太婆んば、ミヨ、久治のアバもいるからナ。子規さんに顔を見せておいで」

ケンは気を配ることを忘れない。

「カカさん分かりました。心配かけてすみません」

コトはケンの不自由になった左足を摩《と》ってニッコリ笑う。だが、露月はじっと考え込んで即答しない。コトは果断《かだん》に富む夫の性格を誰よりも知っている。沈黙の中に、激しい葛藤《かっとう》があるのだ。

「祐治にも考えがあるべ。後悔しないようにすることが一番だ」

傍らで与八がぶすっと言う。露月より十一歳年長の与八は露月以上に寡黙だ。背丈はないが、肩幅が広く、胸の厚みもあり、腕も太い。その表情には農作業で鍛えた精

悍さを宿している。与八と二人だけになったとき露月は、

「ワシは親父の死に目にも、姉や祖父の死に目にも会えなんだ。せめて母親だけは自分の手で死なせたい」

ぽつりと言う。「自分の手で死なせたい」とは医師用語だが、不思議と周囲に違和感を与えない。

長姉タマの病死は明治三十二年八月十八日京都の東山病院のインターン中に電報で知らされた。タマは三十代半ば、嫁して三人の子を残して死んだが、ジフテリアだった。頬にえくぼがあり、目の大きな優しい姉だった。

コトは改めて夫の気持ち推し量って切ない気持ちになった。

「私が母さんを面倒みますから」

とはとても言えない。一方、露月は、

「子規君のことを考えると、小事にこだわってはいられないナ」

とも考える。

「どうすればいいのだ」

露月は激しく首を振った。

その日の朝は風強く雨も降る天気だった。露月はいつものように多吉に馬の手綱引きを頼み、左手子部落の往診に出かけた。道はぬかるみ、馬も難儀だった。

「これ、だーだだ！」

と手綱《たづな》で馬《うま》を制御《せいぎょ》する多吉の声にも力が込もる。赤痢患者三名が発生していた。帰りに種沢の清吉家の赤痢患者も診た。役場にも立ち寄り、左手子への隔離病舎開設を強く訴えた。

さらに露月は協和の川口往診途中、開拓部落に立ち寄った。よろめきながら赤ん坊を背負う老婆が露月を拝むように出迎えた。

病人は風通しの悪い押入れから出された湿っぽい布団に寝ていた。激しく咳こんでいるところをみると長患いである。その家の主人だろうか、力のない混濁した目を露月に見せながら

「……もったいないごとだんス」

と言う。医師の診察を受けたことがないのだ。傍らにしらくも頭に疥癬《かいせん》の子どもが座っている。痒《かゆ》みのため掻《か》かれた皮膚にただれや腫物ができていた。露月はその子どもに特効薬を塗ったが、九月半ばというのに夏の肌着一枚だけだった。露月の里では、たむし、ただれ目、不健康な発疹など大人も子どもも珍しくなかった。

病人の妻だろうか、野良仕事姿の女が腰巻と半纏《はんてん》、前掛けに日本手拭いの姉さかぶりで近づいてきた。素足だった。腰巻も一枚の布でなく、色あせた紺の無地に薄くなった縦縞、その薄いところへ更に継がれた藍の格子縞《こうしじま》。顔色もすぐれなかった。

病人の枕元には「天四《てんよ》の飢饉」魔除け木像が置かれていた。「天四の飢饉」とは天保四（一八三三）年から七年まで全国的に続いた凶作である。江戸時代には「卯年《うどし》の飢饉」天明三（一七八三）年とともに知られるが、露月の里では「天四の飢饉」が深刻だった。

新波のお寺・普門院の過去帳によれば、当時二百近い檀家の中で百人の餓死者が記録されている。いずれの場合でも凶作の被害は奥羽地方に深刻で、牛、馬はもとより犬猫まで食い尽くし、木の皮・野草の根まで取り尽くした末、一村一里すべて死滅したところも少なくなかった。

露月が家を出た後も、赤ん坊を背負った老婆と農婦、そして子どもの影がいつまでも頭を下げて見送っていた。

帰宅した露月に子規の死を知らせる電報が届いていた。

一報は根岸庵から、一報は能代の五工からだった。

五工からは十月十日発行の「俳星」第三巻七号の目次に、

明治三十五年九月十九日午前一時　正岡子規先生逝ク

と記し、巻末近くに上段白抜きで「嗚呼《ああ》子規《しき》子《し》」と出して、次号に露月の追悼文を掲載すべきことの予告について了解を得たいというものだった。

まもなく碧梧桐と虚子から書簡があり、露月は子規の最期の様子を知ることが出来た。子規は絶筆三句を遺したという。

子規は右手に軸も穂も細長い愛用の筆に十分墨を含ませて、

糸瓜咲いて
痰のつまりし
仏かな

と、一気に書いて次に、

痰一斗糸瓜の水も

間にあはず

と書き、少し筋違いの句に、

をとゝひのへちまの
水も
取らざりき

と書いた。

露月は子規の初句を書きはじめて三句目を書き終わるまでの時間を思った。それでいて「をとゝひの　へちまの水も　取らざりき」の「をとゝひの」の「と」の一字を書き足したと書いている。

読み直して書き落としに気づいて、書き入れたのだ。「生」へのこだわりだ。

「ワシャ、胸が迫ってきてナ、じっと子規の傍に座っていただけジャ」

と碧梧桐の声が露月に聞こえてくるようだ。

子規の呼吸が止まったのは九月十九日午前一時。虚子が近くの家にいる碧梧桐たちに急を知らせようと思って門に出ると、折りしも旧暦十七夜の明るい月が大空の真ん中に懸かっていた。虚子書簡の末尾には次の一句が添えられていた。

子規逝くや十七日の月明に　　虚子

露月は改めて九月十九日未明のことを思い出していた。その時、露月は急病人の家人からの呼び出しで起こされた時間だった。

――秋田では風強く雨もふる天気だったが、東京の空には明るい月が出ていたのか。

露月の心は何とも言えぬ安らぎに満たされた。激痛の病魔と闘った子規の最期にやっと訪れた平穏。十七夜は穏やかに眠るように生涯を閉じた子規への挽歌だと露月は思った。

露月は手元の句帳に「明治三十五年九月十九日午前一時　正岡子規先生逝く」と書き一句を献じた。

月明の清きに耐へす桐一葉　　露月

「桐一葉」は子規その人であった。露月は子規亡き後の夜空を見上げた。秋の月が皓々《こうこう》と輝いている。月の光が哀しいほどに明るい夜だった。

——子規はあの輝く月の彼方にいる。

そう露月は思った。

第三節　母の死

唐黍《とうきび》に月落ちかゝる野分哉　露月

明治三十五年は秋になると一転して冷害凶作の様相を呈した。九月に大暴風雨に見舞われ、刈り入れ時になっても、冷たい長雨は止まなかった。それに伝染病が追い討ちをかけた。赤痢は七月から十月にかけて猛威を振るった。腸チフスは一年を通じて流行したが、特に夏から秋にかけて流行、ジフテリアは十一月から翌三月までの寒冷期に流行した。

露月は前年に伝染病患者が出た集落に対しては、住居内外の掃除、下水排水路の消毒、飲料水の消毒を徹底するように指導した。特に水害後の消毒には神経を使わなければならなかった。

鳥海山の麓、笹子《じねご》村では大量の赤痢患者が発生。下笹子に仮隔離病舎を設け、医師と看護婦二人を雇い入れ、外に補助看護婦七人の緊急体制を取ったとの情報が露月にもたらされていた。

九月に隣村の繋集落に七人の患者が発生した。伝染病は雄物川航行の船舶によっても伝播した。土崎から角間川大保間《だいぼ》の雄物川を往来する川舟は明治三十四年から二百隻と急増し、三十五年はピークを迎えようとしていた。

妻コトの出産が近づいていた。十一月二日十一時、コトは少々腹痛を訴えた。露月は分娩《ぶんべん》期にはまだ間があると思い、往診に出かけた。午後三時過ぎ馬の蹄の音高く帰宅したところ、コトの腹痛甚だしく分娩が始まっている。露月は直ちにお産の準備をし、産婆も頼んだ。

近所の九太婆んばが手ぬぐいで頰かぶりしてやってきた。

「うん、うん……カガさん、いよいよダシナ」

と、襷《たすき》掛けをする。

「馬っコの蹄《ひづめ》の音で安産だすべ」

九太婆んばは欠けたお歯黒《はぐろ》の前歯が目立つほど大きな口を開いて笑った。妊婦たちは往診の露月の馬の蹄の音を聞いて安産するといわれていた。午後五時過ぎ分娩、コトは男子を出生した。安産であった。産後の熱が四十度六分あったが、案ずるほどのことではなかった。

露月は安堵の思いを一句とした。

　　炉開に妻は男の子を生めり　　露月

「はあ、男の子であんすよ。母子ともに健やかでえがったシナ」

露月は産まれた子どもに「菊夫」と名付けた。菊は日本を代表する花であり、古来から薬用植物として知られる。露月は待望の長男のすこやかな成長を祈った。

初めての妻の出産に動転し、露月には何の準備もなかった。イジメ（嬰児詰《えいづめ》め）もオカワ（便器）もモク（藻）の準備もなかった。モク（藻）とはイジメの中に入れる海草の干したものである。妻の産後の面倒を見てくれるお手伝いさんも必要だった。

露月はかねて頼んでいた妻コトの妹トヨのことが頭に浮かんだ。トヨはコトの三歳下の気さくでよく気のつく妹だった。露月は書状と金五円を入れた封筒を船頭に頼み秋田市茶町に住む、妻の実家菅原新五郎宛に届けた。

船頭便では船頭が品物や現金の受け渡し、ことづけなど直接請け負った。

茶町菅原新五郎商店は今日の日本銀行秋田支店の裏側にあって、店舗は辻兵吉商店の貸し店舗を借りての営業であった。今の「菅新」であるが、明治期は「菅原新五郎商店」を看板に、油、砂糖、麦酒をはじめ総合商社として荒川鉱山など県内鉱山への生活物資の商いを通じて活況を呈していた。

露月の手紙を読んだ目鼻の整った新五郎はニンマリ笑う。新五郎は童顔ながら藩政期の油売りから油、砂糖、麦酒など広く取引を広めた才覚で、屋号だけで通るまでになっている。

「ムコ殿も大いに慌てているワイ」

新五郎は露月の手紙を細君に渡した。露月が十一月を十月と誤記している。

「イジメ、オカワ、モク等はもう準備していますヨ。アサギ、シボリそれぞれ一反で何を縫うのかしら」

内町生まれの上品な細君は、おっとりした人柄である。色白で面長の顔を夫に向けたが、どう見てもコトは母親似である。

枝豆や月明らかに人の皃　露月

能代の五工から久しぶりに一報があった。十二月二十四日に、能代の俳星社で蕪村忌を兼ねた子規百カ日を催すという。能代には子規没後の奥羽の日本派をどう盛り立てるかという大事な議題もあって、二十一人が集まった。この結集率の高さが「俳星」を支え、露月を支えた。延期していた旧北斗吟社五周年でもあった。天風、碧を初め主要メンバーが全員顔を揃えた。編集長の天風が「俳星」三巻八号に露月以外の追悼文を出せなかったことを率直に詫びた。

「『ホトトギス』は居士百カ日の臨時増刊号。武蔵の『あられ』は七号を子規追悼号とした。我が『俳星』は残念ながら露月稿一本だけであったとは情けない」

と天風は眼鏡を外す。

子規が亡くなった翌月から十二月にかけても「宝舟」「木兎《みみづく》」など子規派の俳誌は大部の子規追悼号を特集した。負けん気の五工は、

「能代は大火だったからネシ。印刷機械一台と活字焼いて仕方ねがった」

といかにも悔しそうだ。過去二回の大火では難を逃れた五工宅だったが、今度は印

刷所もろとも焼けてしまったのだ。

能代の町は八月十日から暴風が吹き荒れていた。十二日、五工の近隣から出火した火災はたちまち猛火となって能代を焼き尽くした。「俳星」九月号の俳句欄は空白のまま発行されたのだった。

明けて明治三十六年は雨の正月となった。気温は穏やかであったが、母ケンの症状は一段と進んだ。それでも老母は息子の往診を喜んだ。顔を合わせるのが嬉しいという風だった。

「おらえのオンチャ（次男）医者だば、与惣エ門の家（え）の誇りだべセ」

と言ったかと思うと、

「この村に医者来てけで、皆、何ぼえがったべナ」

と見舞い客に賛同を求める日々だった。夫を失って以後、女手で育てたケンの決意と愛情がそこにあった。

春寒し母の病に花もなし　　露月

ケンが病没したのは五月十七日、六十二歳だった。季節の花で送りたかったが十分でないことを悔やんだ。ケンは病没というよりは枯れるように息を引き取った。露月は痩せて小枝のようになった母親の手を握り締めて最期を看取った。ケンは次第に意識が混濁しながらも露月に繰り返した。

「杉苗のようにアト（将来）に残る仕事をしてたもれ」

露月の隣には二十三歳の艶《つや》を湛《たた》えた若妻がいた。

若草の妻とこもりて雉子《きぎす》きく

雉子は、つがいを捜して二声ずつ「ケーン」「ケーン」と鳴くという。

――母の旅立ちを妻と二人で送ることが出来たナ。

露月は感謝の思いで妻の表情を見つめていた。

第七章　三千里

第一節　故人遠し

明治三十七（一九〇四）年は前年暮れから風強く寒く、猛吹雪の中で年が明けた。しかし露月の目は燃えんばかりに輝いている。その手には「女米木部落経済事情」と墨書された右綴じ数ページの冊子が握られていた。表紙左隅には「石井祐治調査」とあり、中に几帳面な数字がびっしり並んでいた。

貧窮からの脱却を目指して村の生活実態を根本から調査したもので、三十二歳を迎えようとしていた露月がかねてから温めていたものだった。かなりの自信作であることが露月の表情から読み取れた。

吹雪も落ち着いた二月のある日、露月は友人たちを家に招いた。京孝こと京極孝正、京直こと京極直蔵、石伝こと石井伝治、それに荒木房治校長といつもの馴染みのメンバーである。船頭の岸市五郎が新顔として加わった。

「祐治さん、とうとう出来たしナ」

京孝が真ん丸い目をさらに大きくしながら中二階の階段を上がってきた。中二階には書斎と寝室の六畳間の二つがある。そこは露月が心を許せる友人たちと語り合うお気に入りの空間だった。後に村長となる京孝はかねて、

「村を良くするには女米木部落についての経済実態調査が不可欠」

というのが持論だった。村の田畑地の三分の一は他村民所有だった。年々負債が重なり、村は衰えていくばかりであることが目に見えていた。村の歳出、歳入の差と地租との関わり合いがポイントだった。

　墨書された「女米木部落経済事情」には村の人口、耕作地、山林原野、生産所得や消費面、さらに租税、負債などにわたって、細かく数字が並んでいた。

「いかにも医者らしい合理的な調査ジャ」

　京直はしきりに感心する。

「理紀之助翁の調査方法を参考にしたんです」

　露月は謙遜する。老農石川理紀之助が明治二十九年に着手した「適産調《てきさんしらべ》」が随所に生かされている。租税負担や土地所有、農業経営、副業の項目は「適産調」と重なる。「適産調」とは理紀之助たちが始めた稲作・野菜に適する土壌や気候の基礎調査のことであった。その事業は全国的にも評判となっていた。七人の同志を伴って明治三十五年、はるばる宮崎県から懇請された都城山田谷頭《たにがしら》のことはよく知られていた。

「石川翁のすごさは先見性とそれを裏付ける実践力だ。まず私設農会の組織を作る。その組織を動かして進めたから大きな仕事が出来たんだ」

露月は心から敬服している。

露月の調査には「適産調」にあった土壌、気候、風俗、村の歴史、農業団体に関する項目はない。代わりに歳入から歳出を引いた三千円分の赤字をどう埋めるか、その更正策が具体的に記されていた。

「三千円分の多額の赤字を埋めるのに、無尽や庚申祭《こうしんさい》の酒代、法事や物見などの節約だけで六百四十六円も浮くのか」

京直は驚く。

「お賽銭分の二厘貯金とは考えたナ」

今は高尾神社を離れて暮らす京孝がニヤリと笑う。

「二円の出産貯金も考えてるぞ」

露月の産科の専門医らしい発想である。喜びを貯蓄につなげようとしているのだ。

「月の休日十日分の返上か、一日一人十銭で二百五十円。思い切った提案だ」

「毎戸から草鞋一足だけで三百二十四円にもなるのか」

皆は一つ一つ丁寧に分析する。荒木だけは別の角度から関心を抱いたようだ。

――貯蓄と勤勉。その底に「その日暮らしの生活」からの脱皮があるナ。

荒木はうなった。痩身の荒木の目と、ずんぐりむっくりの露月の視線が合う。

「その日暮らしの生活」からの脱皮は日頃の露月の口癖だった。

――貯蓄と勤勉は一つの方法。要は村人一人一人いかに前向きに生きるか。

露月の目はそう訴えている。

二人は昨年九月に女米木小学校に校友会を組織したばかりだった。荒木は文庫創設の受け皿と考えて校友会の組織を急いだ。しかし、露月は年々負債で衰える村の更正に民心の統一を据えている。

――露月の構想には深いものがある。

荒木は改めて気づかされたように感じた。草鞋《わらじ》一足など取るに足りない。しかし、全戸から一年中ということになれば、共同体としての絆が生まれる、大事なのはそのことなのだ。

「ところで医療費の項目が見えねえナ……」

と京直。気配りの京直は、時に意外な発見する。

「医療費を支払う余裕はどの家にもないべ」

露月の一言はその場に重く響いた。一月二十一日には県民の保健衛生向上のために町村医設置方訓令が出されていたが、露月に往診を頼める家は限られていた。往診の家はほとんどが地主や親方衆の家だった。五十銭から一円と高額の医療代金を払える人は限られていて、十銭の医療費すら払えない家が多いのだ。

白梅ややれつくしたる一狐裘《いちこきゅう》　露月

「一狐裘（三十年）」は質素倹約であることのたとえ。中国斉《せい》の宰相晏平仲《あんへいちゅう》は貧困家庭を数十軒も扶助するほどであったが、私生活はといえば、一枚の狐の毛皮で作った衣を三十年も着ていた、との故事である。

患者の往診に回って露月を悲しませたのは、村民の貧困だけではなかった。無計画なその日暮らしをしている人が多いことだった。勤労意欲がなく、向上心も見られない。貧困は農民を骨の髄まで打ち砕き、無気力にさせている。

彼らの家の屋根には枯れ草が植わっていた。汚れた茅葺《かやぶき》屋根には季節外れの南瓜や糸瓜の蔓《つる》が垂れていた。軒や厠《かわや》の板戸は隙間だらけで、粉雪が舞っていた。そうした光景が露月の目に焼きついている。露月は「その日暮らしの生活」に書く。

今日あるを知りて明日あるを知らぬものあり、明年あるを知らぬものあり、十年あるを知らぬものあり、百年あるを知らぬものあり、これを「その日暮らしの生活」といふ。明日あるを知らば、明日の計を為すべく、明年あるを知らば明年の計をなすべし、十年あるを知らば十年の計をなすべく、百年あるを知らば百年の計をなすべし。

我が戸米川村に果たして、明日の計ありや？　明年の計ありや？　十年の計ありや？　百年の計ありや？

荒木は、

――この一文は露月の悲憤で済まされないナ。

と考える。村人一人一人への愛着と信頼が底にあることを見抜いているのだ。

そして、

――村の復興のカギも実はそこにある。

と胸を熱くした。

山遊びわれに隨ふ春の雲　　露月

後に河辺郡議会議員として露月の青年活動を支える石伝は、

「目に付くのが村の借金。戸数九十戸、人口六百五十人の村で田地百三町六反のうち三分の一が他村民の所有であることが根本問題」

と考える。その分析力はいつも定評がある。

「これまで手放した田地を六カ年で買い戻せねべガ」

露月はぐっと身を乗り出す。

すると、遠慮がちに座っていた岸市五郎が、

「山林のこともあるなス」

とポツリ独りごちた。川崎丸の船頭である岸市五郎は赤く日焼けしていて首も太い。

新屋の大長こと大島長兵衛所有の高尾山を管理していた市五郎は、高尾山の木で船を造り、第一川崎丸、第二川崎丸を就航させていた。新屋の大長は明治三十年代に地租百八十七円に相当する耕地を戸米川村に持つ不在地主であった。

「大変な提案だナ」

京直の緊張した声にいつもの剽軽《ひょうきん》さはない。露月、石伝も真剣だ。

そして誰からともなく、

「村の財産である田地七町七反を売却して借金を無くすこと」

「着物や諸行事の節約、養蚕《ようさん》も大事になってくるナ」

「大事なことは全村の田地が村民に帰ってくるまで最後までやり抜くか否かだ」

「村人の和が大事だナ」

というつぶやきが漏れた。

雪なだれ崖の小家に人住めり　露月

山には春を伝える雪なだれが始まっていた。


明治三十七年は日露戦争の年であった。日本国がロシアに対して国交断絶を通告したのは明治三十七年二月六日である。

ロシアの宣戦布告は九日だったが、日本では翌十日ということになった。そして一般国民に宣戦布告が知らされたのは、さらに翌日の二月十一日だった。国民の戦意高揚のため、紀元節のこの日が意識的に選ばれたのである。

政府の考えは、先制の奇襲攻撃によって戦局の主導権を握り、できるだけ早い時期に講和を実現することだった。財政的に、長い戦争遂行に耐える状況になかった。日露双方の国力には歴然と差があった。敵より早く大兵力を遠い予定戦場に集めるのが国力であるが、維新後まだ三十年余りしか経っていない日本は海陸の輸送力に大きなハンディを抱えていた。

国鉄奥羽線は十二月二十一日の全線開通を目指し、秋田と神宮寺間の工事が急ピッチで進んでいたが、軍隊輸送のために使える国内幹線鉄道は一日十四列車。海上輸送に至っては、軍隊輸送に使える汽船はわずか三、四十万トンに過ぎなかった。

荒木は鼻の下に蓄えられた髭をこすりながら、何やら考えている風だった。

——やがて来る地租の増徴《ぞうちょう》が怖い。

それから間もない二月二十三日、日露戦争遂行のための勤倹貯蓄の諭達が出た。

「これから戦費調達のための非常特別税が出されるナ」

荒木には近寄りがたい厳格さの半面、柔軟な思考力があった。国税総額の約半分を占める地租の増額は秋田県のような農業県では殊に大きな負担となる。

「そのことジャ」

露月の心配も同じだった。

果たして政府は軍備を整えるため、第一次特別税として地租、営業税、酒税などと、煙草の専売を含む広範囲な増徴の方針を決定した。翌三十八年には第二次特別税として地租の一層の増徴に加え、通行税、相続税が新設された。戦時財政の圧迫が国民を窮乏化へ追い込む。とりわけ下層の人々と農民にとって耐え難い負担となった。

戦争経済の進行が通貨の膨張をもたらした。日常生活品はほとんど軒並みに一割から四割まで値上がりした。秋田の場合、特に砂糖や醤油、刻みタバコや清酒、石油などの値上がりが顕著であった。

戦争の苦しみはそれだけでなかった。秋田市では召集された兵隊で兵舎が一杯になり、市内民家の七割まで収容したといわれる。農耕に欠かせない馬は軍馬とし徴発された。生活必需品の荷車の不足は庶民につらいことだった。

戦場で待ち受けていたものはおびただしい戦死と戦傷であった。

三月になって、露月にも軍から令状がきた。弘前第八師団補充馬廠《ばしょう》本部への呼び出しであった。本部の建物はもともと村の空き家だった。土間を隔てた室で廠長の騎兵中尉や副官の少尉、獣医のほか、事務助手の曹長などが机を並べていた。

露月には階級らしきものはなかったが、奉任官《ほうにんかん》（三等官以下の高等官）待遇で配下の看護長は露月を「医官どの」と呼んだ。

朧《おぼろ》なり昔馬上の琵琶の主　露月

補充馬廠本部での露月の任務は、騎馬兵の怪我や病気を診ること、獣医と共に馬の世話をするなど難儀なことはなかった。しかし、八師団に属する秋田部隊が遼東半島から旅順作戦に参加し、その後、奉天《ほうてん》会戦に至る各地で転戦した様子が伝わり、露月には緊張の三カ月であった。

秋田部隊が遼東半島から南山の戦闘に参加したのは、露月が弘前第八師団補充馬廠本部入営中の五月二十六日であった。日本軍が初めてぶつかった本格的な戦争であった。ロシア軍の正面わずか三百メートルを、二個師団半の兵力と、大砲二百門で攻撃し、朝から晩まで十四時間もかかったという。

しかも総員三万六千人のうち死傷者は四千四百人に及んだ。現地から第一報三千人と報告が入ったとき、本部ではゼロが一つ多いのではないかと話題になった。

さらに旅順作戦や奉天会戦に従軍した兵士に脚気が蔓延《まんえん》していた。それを知った露月は戦慄を覚えた。脚気は露月の夢を打ち砕いた病であったが、今国家の存亡の危機が迫る戦場において兵士を苦しめているのだった。脚気の因果関係が解明されるのは露月の死後、昭和四年のことである。

六月、軍の任務を終えた露月は弘前から能代を経て帰郷した。帰郷した露月を驚かせたのは村からの出征兵士の多さであった。日清戦争の十倍近い数なのだ。隣村大正寺村では日清戦争八人に対して、日露戦争では六十八人もの青年が出征していた。

戦争の疲れの癒えたある日、露月は荒木を小学校に訪ねた。荒木は何やら書き物をしていた。

「お帰りなさい。ご無事で何よりでしたワ」

傍らで生徒たちの縫い物の課題を見ていた荒木の妻ヒサが声を掛けた。裁縫科の代用教員をしているヒサは、痩身だがふっくらした頬が愛らしい。荒木も露月の無事帰還を喜んだが、表情が一つ冴えない。

出征した兵士の中に「渋柿句会」の若手メンバー二人がいて、どちらからも音信が途絶えているというのだ。大正寺村の斉藤秀一と淀川友三郎であった。

淀川友三郎は馬の馬蹄を整える蹄鉄《ていてつ》「かなぐち」屋を職業に夢見ていた。入営前、馬上の勇姿を披露しようと、わざわざ小学校の校庭に姿を見せ、荒木の前で何週かグラウンドを回っては颯爽《さっそう》と帰ったという。露月にも、頑丈な淀川友三郎の姿が髣髴《ほうふつ》となった。

露月には悪い予感があった。というのも、女米木から出征した兵士の戦死公報が間もなく入ったからだった。実弟・石井末吉と同姓同名の青年であった。

斉藤秀一と淀川友三郎の二人の戦死公報が入ったのは夏の夜も更けてからだった。雄物川の河畔に巣をかけて一日中鳴きたてる行々子《よしきり》もようやく寝静まったのだろうか、月が優しく見守っているような静かな晩だった。縁側に腰を下ろして悲しみに沈む露月。その目には十六夜が霞んで滲んでいた。

故人遠し傾くまでの月を見る　　露月

第二節　巌瀾遊草

日露戦争の終結は露月に新たな文学へのエネルギーをもたらしていた。明治三十八年八月十九日、露月は男鹿方面へ巌瀾遊草《がんらんゆうそう》の旅に出かけた。露月にとって本格的な遊吟の始まりとなった。

その日は朝霧も次第に晴れて、冷たい夏の太陽が心地よい。玄関で草鞋を履こうとしているところへ、近所の婆さんがやってきた。旅に出る前に一度老夫を診て欲しいという。露月は脚半《きゃはん》をつけたまま下駄を突っかけて往診に赴いた。

その家の畑の茄子の葉、芋の葉は朝露がこぼれんばかりである。瀕死の老夫は痩せこけていた。渋紙色の顔に深い皺《しわ》が刻まれている。旅に出た留守中に死ぬだろうからと、妻にその折の心づけを言い置いていた患者であった。

汗とほこりにまみれての労働、手足の肌が荒れ、老樹のような体である。老夫は消えるような弱い声で「お医者さん」と一言発したが、続く言葉がない。家人の目は一様に患者の口元に注がれている。老夫は露月の往診への感謝やら、疾病《しっぺい》の苦痛やら、よろしく頼むという事などを、その一言に託しているのだった。

露月は診察を終えると、患者の手を握りしめながら深く頷いた。安堵の色を浮かべた老夫を確かめて、患家を出た露月。そのとき、家の前の茄子の葉、芋の葉の露が一陣の風にハラハラとこぼれた。

巌瀾遊草の旅は民謡発見にもなった。一行は機織《はたおり》駅（現東能代駅）に夕方七時に着いた。人力車を連ねて黄昏の街を走ると五工が迎えに出ていた。

五工には積もる話があった。前年の六月三日、妻イサを腸チフスで失っていたのだ。その夜三人は、五工の書斎で同じ蚊帳にくるまって寝たが、五工の落胆ぶりは激しかった。

イサは数えで二十二歳の若さであった。十五歳で五工に嫁したイサは「北斗吟社」の頃から功女の俳号をもつ新進気鋭の俳人で知られていた。羽後俳壇に、「葉柳に丸太を運ぶ沖仕かな」の句、「ホトトギス」にも、「若水のうすき氷を破りけり」などの句が採られ、しばしば夫の五工を越える勢いだった。

――清新さが生きている。

と露月も期待していた。

イサの生家は江戸中期、吉川五明とも縁のある文化的な家系にあり、夭折《ようせつ》は悔やまれた。露月は慰める言葉がなかった。二つになる子を残しての逝去だった。

二十一日、森岳駅へ出て久米岡の北涯庵に泊まった。夜、酒を酌み交わした時、北涯は得意の江差追分を唄った。

「在郷追分というて、この辺で昔から唄われていた追分だす」

という北涯の説明で、江差追分とは微妙に異なる素朴さがあることが分かった。北涯の声は尺八寸法で「一尺九寸」と呼ばれるほどの高音で、男性の高い方の音が伸びやかだった。

五工と露月はしんみりと聞きほれた。

北涯は翌朝、下駄履きで園庭を案内してくれた。北涯自身が剪定《せんてい》した自慢の果樹園であった。北涯の邸内には、果樹はもちろん、園庭の至る所に草木が植えられていた。北涯は家族ともども朝な夕なにそれらの手入れをしては慈しみ、その成長を楽しんでいた。

「剪定作業は遊び心ジャ。無駄な枝を挟むのは、なんとも気持ちエエ。去年の豪雪で、雪に折れた桃三本なんか、枝の大なるを切り取ってほとんど坊主にした時は妻女も驚きおってナ」

北涯はいかにも楽しげに、蘇った桃の木に手をかけて笑う。北涯の田畑の仕事はお手のもので、その技術は山本郡内でも評判であった。

自分で耕作し、稲を植え、水車を踏み、真っ黒になって働く篤農《とくのう》家だった。鍬や鎌の巧みな扱い方は他の百姓の驚嘆の的であったが、特に馬耕に関しては有名で、馬耕の手を離しても二間くらいは進んだといわれた。

庭園には燃えるような真紅の虞美人草が咲き誇り、鶏が雛をつれて歩いていた。折しも十五、六騎の馬に乗った草刈の男たちが咲き乱れた女郎花《おみなえし》や野撫子《なでしこ》を踏み轟《とどろ》かせ、水しぶきを上げて横切った。

河渉《かわわた》る馬の頭《こうべ》や野分吹く　露月

その堂々とした様に露月は勃然《ぼつぜん》と壮快な気分に酔いしれた。北涯の里には駿馬が育っていた。

翌二十三日、戸賀の浦に着いた。波があって船を出せないと拒絶する船頭に、無理に頼み込んで午後には島巡りをした。屹立《きつりつ》した岩の上に超然として立つ鵜《う》の首の白さに露月は圧倒された。

岩に立つ鵜の首白し秋の風　露月

同夜遅く金川に一泊、正午ごろ船越に着いた。小さな家があった。その向かい側の家の前では五、六人の男女が両肌を脱いで臼《うす》を挽《ひ》きながら、臼挽き唄をうたっていた。

脱いだ女の両肌は、唄のたびに銀の鱗のように光り、唱和する男たちの声は妖しく響いた。

臼のろくろに　小豆餅《あんずぎもち》　上げた　まわるたびごと　ひとかじりエー
裏の　小窓から　コンニャク玉　投げた　今夜　来るとの　知らせだがエー

帰宅した露月に医師としての多忙な日々が待っていた。十月十六日、左手子《さでこ》にも伝染病の隔離病舎が開舎した。隔離病舎は俄仕立《にわかじた》ての粗末なバラックだった。冬には壁のすきま風や、天井、床の下から吹雪が吹き込み、冷え冷えとした寒さが身を刺すことは十分予想された。それでも病舎には診察を求める人々が殺到した。

「ああ、ここは極楽だ」

病人は病舎を指してそう言う。農家は貧乏の極みで一文も余裕もなかった。死児を背負い、検診を求め、死体検案書だけを受け取って帰る人は跡を絶たなかった。

十二月二日、露月とコトの間に新しい生命が誕生した。いのち溢れる女児だった。露月は長女にツハと名づけた。ツハとは石蕗《つわぶき》のこと。晩秋長い茎に黄色い花を付け、葉が厚く大きく何よりもつやがあった。露月は生命力に満ちた花が好きだった。

第三節　芭蕉契合

朝顔や尚伸びまさる小柴垣　露月

明治三十九年八月十一日早朝、露月は鳥海山登山経由で象潟吟行に出発した。女米木小学校長荒木房治（鷺郷）も同伴した。朝四時、朝もやの中の旅立ちに露月はウキウキしていた。霊峰鳥海への初めての登山吟行だったからだ。露月にとって伝染病との格闘に追われる日々からの解放でもあった。

二人は登山の白装束に三度傘、杖といった軽装だ。同じ身なりだが、髭の荒木は修験者のようにビシッと決まっている。一方、露月も髭を立ててはいるが、くたびれた遍路姿といったところだ。

もっとも露月の表情には、日ごろの医師の顔とは違う豊かな息づかいがあった。旅は句想を広げるだけでなく、文学的飛躍をもたらすからだ。昨年八月、男鹿方面への巌瀾遊草の旅もそうであった。

まもなく朝もやの中に渡し舟が現れ、船頭の馬兵エ《まへえ》が川向の左手子からやってきた。同地区は集落みんなの輪番制で川渡しをしていた。それは厳冬の雄物川の氷割りも同じだった。

七草に一草足らず鶉《うずら》かな　露月

旧道は草やぶに覆われていた。その道は今でこそ地域の人に見捨てられているが、藩政期、亀田藩と秋田藩が運上銭《うんじょうせん》をめぐって百年間争った「大正寺川運上の一件」の歴史を刻んだ街道だった。

事件は秋田藩の船が亀田藩領の雄物川（新波―向野）を通航していたことから起こった。延宝（一六七三―八一）年代、亀田藩はそれまで上り船にのみ適用していた運上（税金）を、下り船にも徴収することを秋田藩に通告した。藩の財政困窮が理由だった。

仙北上三郡の収納米、木材、日常物資の移入と輸送のすべてを雄物川の船運に頼っていた秋田藩にとって、この措置は看過《かんか》できない重大問題であった。雄物川は古くから「御物川」と記録され、年貢（御物）を運ぶ川であったのだ。以後、安永（一七七二―八一）年代の幕府の裁断が下されるまで両藩の百年続く争いとなった。

明和（一七六四―七二）年代になって秋田藩では、小種村川口（現大仙市協和）でいったん船から荷を降ろし、雄物川を迂回せず向野の裏を通って左手子に通じる陸路を開こうとした。二十五万人の夫役と五百頭の馬の使役が予定されていた。結局亀田藩側の敗訴で、工事は途中で頓挫《とんざ》したが、一部旧道として今日まで残っている。

その旧道を抜けて、二人が刈和野の俳人・若松告水《こくすい》（本名・浩三）宅で一休みしたのは昼頃であった。若松は菜種商人らしい上品さで、礼儀正しく二人を玄関に出迎えた。

途中から由利郡中俣村・工藤耕畝《こうほ》（本名・直吉）も合流した。二十歳代で、丸坊主頭の耕畝は鳥海登山の案内役でもあった。耕畝は明治三十五年に露月と荒木が河辺、由利、仙北近郷の青年たちに呼び掛けて結成した「渋柿句会」の中心メンバーだった。

続いて一行は大曲駅で伊藤秋田坊（本名・圭三）らの出迎えを受けた。秋田坊は大曲で開業医を営む俳人だった。五月、田口松圃や赤川菊村と「まるこ吟社」を結成していた。ずんぐり型の眼鏡の松圃。秋田坊は痩身のスラリとした体型だった。その夜は丸子川畔の旅館「枕流館」に一泊した。枕流館《ちんりゅうかん》は発明狂の渡辺才治が経営する風変わりな旅館で、若き文芸人たちのサロンの趣があった。渡辺才治の優れた話術と人物を慕って多くの若者が家族同様に出入りしていた。

「疲れたべ、ゆっくり休んでケレ」

渡辺才治は大曲弁丸出しで露月の来訪を喜んだ。菊村は和歌山で記者修行中のため不在だったが、松圃、秋田坊らも歓迎の酒席に入った。渡辺才治は高浜虚子、河東碧梧桐はもちろん、島村抱月、与謝野晶子、佐々木信綱、田山花袋、大町桂月、中村不折らと親交があり、中央の出版情報にも通じていた。碧梧桐が三千里の旅に発ったのは八月六日であったが、既にその情報も入っていた。

「ワシは碧梧桐の大曲来遊に合わせて、来年『白虹《はくこう》』という文芸誌を出すつもりだ」

才治は自信満々だ。「白虹」の編集室を「枕流館」の六番室に置くという。

露月一行は横手で開催の第三回全県俳句大会を終え、最上川から酒田へ出た。そして十四日夕方蕨岡《わらびおか》の大鳥居をくぐった。いよいよ鳥海登山の一歩である。清水坊にて一泊。翌十五日は快晴の中、早朝より登山を開始した。出羽三山の山伏が切り開いた登山道はなだらかな稜線である。翌十六日も晴れ。象潟の蚶満寺を訪ね、秋田屋で昼食となった。

象潟は埋れて蝉の声あつし　　　露月

象潟から本荘まで八里の旅程には疲れた二人は、途中人力車を雇った。

「疲れたナ。子規君の奥羽行脚の苦労がよくわかるヨ」

露月の胸に「はて知らず」の旅の子規の一句が浮かんでいた。

あへぎ〳〵撫子《なでしこ》の上に仆《たお》れけり　　　子規

二人は本荘小園《おその》旅館の庭園で登山の疲れを癒し、記念写真を撮った。この夜、露月は昼の蚶満寺で感受した衝撃を荒木に打ち明けた。露月は蚶満寺境内のただならぬ霊気に打たれたのだ。

「鷺郷さん！　ワシは翁と象潟について、これまでと異なる感想を抱いたんですよ」

荒木は露月に浮かんだという感興に強い関心を抱いた。

「『象潟は怨むが如し』の一件ですね」

荒木が確認するように言ったのは、蚶満寺の境内で、露月が一度話し掛けていたからだ。

「象潟の天地が人の魂を悩ます素振《そぶ》りをしたのでなく、翁の方が強く哀愁を催した、と」

「芭蕉翁が淋しく、悲しく思ったんだ」

「ふふん、そうであれば翁は、なぜそう書かなかったのか」

露月の目が光った。

「象潟の風光が怨《うら》むが如く、と書いたのはなぜだと思う？」

露月の重ねた問い掛けに、荒木はじっと考えている風だった。

「『哀愁』というものを通じて、象潟の大自然と芭蕉翁とが混然として一になった」

「握手したことだ！」

露月の言葉の響きに、荒木も合わせた。二人は少雨に沈む合歓《ねむ》の花を思い浮かべた。

「翁と象潟の神秘な交渉を、曾良《そら》も、近江《おうみ》商人低耳《ていじ》も蚶満寺住職も気づかなかったんだ」

露月の芭蕉観に大きな変化が起こっている。荒木は露月の真剣な表情をじっと見ていた。

深夜になっても、露月は旅舎の机の上の半紙に懸命に筆を走らせていた。既に書き終えた何枚かの半紙が部屋の中に散らばっている。露月は今日の発見を深めるべく夢中だった。

旅舎の闇には秋が忍び寄っていた。露月にはその先にあるものが見えていた。

第四節　碧梧桐来訪

「三千里」の旅の碧梧桐が秋田入りしたのは七月二十一日である。午後になって、露月も女米木から出てきた。

「相変わらず顔が丸い。南瓜道人そのものジャ。山中におるだけ、その分、南瓜のキメが少々粗くなったかな」

碧梧桐は露月との再会の喜びを露にする。

「お前こそ写真では学校の先生然としておるが、まるで旅の浮浪者ジャ」

露月も負けてはいない。二人はともに明治六年生まれ、互いに遠慮がない。

　賓客《ひんきゃく》の至りまもなく夕立哉　露月

まもなく能代から五工がやってきた。夜になって百花羞《ひゃっかしゅう》も合流した。

「遅くなって悪がったナシ。横手は遠くて、東京と同じでナシ」

百花羞は素直に詫びる。相変わらず老舗《しにせ》の粋《いき》な旦那風そのままの物腰である。

「露月とは八年ぶりだナ」

碧梧桐は懐かしそうだ。

二十二日午後、千秋公園では全県俳句大会があった。会場の茶庭に北涯も来た。

「これで羽後の四天王揃い踏みジャ」

碧梧桐は深く喜んだ。そして、

「弘前公園は天然の趣味、盛岡公園は人工を加えた妙、千秋公園はその中間。されど、生気がある。秋田の街が躍動している」

碧梧桐は真に感動していた。

折りしも、明治四十年は秋田での水道敷設《ふせつ》工事完工の年であった。旭川上流に水源を定め、旧城跡に浄水池、配水池を設けるという五年をかけたプロジェクト。外町《とまち》、内町に広く配水する東北初の水道敷設工事は、クライマックスを迎えていた。

——雄物川の端に、勝平山を隔てた海の眺望と太平山の借景。千秋公園は絶品だ。

碧梧桐はもう一度低くつぶやいた。傍で露月は夏の風に揺らぐ濠の萍《うきくさ》をじっと見ていた。

二十五日、河東碧梧桐は喧騒《けんそう》の中で目を覚ました。早朝だというのに馬車の往来、「だーー」と馬を止める博労《ばくろう》や、商店主の声が賑やかである。

「目下の繁盛は町人たちの外町ですわ、侍屋敷の内町は年を追うて寂れるばかりであんす」

というのは、昨夜の旅籠《はたご》屋の女将の言葉だ。確かに旅舎のある茶町の賑やかさは格別だ。

翌朝、北涯と露月の二人は汽車と船で、それぞれ北と南へと発っていった。雄物川往来の川舟が通町まで就航《しゅうこう》しているのだった。露月はその船で女米木へ帰っていった。雄物川の上流へ七里の船旅。船衆たちが船衆道を引いていくのだという。

「ワシも乗ってみたいものだナ」

と、碧梧桐が言うと、

「川下りが風情よ」

露月は雄物川の川下りを強く勧めた。

碧梧桐は午後三時の汽車で秋田駅を出発、約一時間で刈和野駅に着いた。駅には告水が出迎えた。告水は菜種商人らしい上品さと、独特の商人ことばで、

「ゆっくりしてたんせ」

そう挨拶した。刈和野は昔、羽州街道の宿場町として栄えた町である。告水は樹木に囲まれた閑静な武家屋敷通りを案内した。

「もともと刈和野は捕鯨の出稼ぎの町でもアンして、士族の末裔《まつえい》や商人、農民など格式の随分と違う人たちが暮らしておるんす。その皆さんが一致団結して刈和野衆となるのが小正月の大綱引きの時でアンす」

水田は奥羽山脈の麓まで伸びていたが、旱《ひでり》続きで雄物川の水かさの減っていることが心配だった。告水はそれを打ち消すように、

「きょうは水無月《みなづき》の十六夜《いざよい》。この四、五日毎夜の月見ができるあんす」

そう言いながら、白い歯を見せた。

告水宅に四泊した碧梧桐は、七月二十九日、露月の待つ女米木まで雄物川を船で下ることにした。船場では昨夜の小集に馳《は》せ参じた地元の俳人や協和の木村非弗《ひふつ》などが告水と共に見送ってくれた。船と船頭を準備してくれた告水にお礼を言いながら碧梧桐は船の客となった。船頭は水深を目で測りながら巧みに棹《さお》をさしていく。

川の水かさの減り具合は近年珍しいという。そういえば七月十五日、鵜川《うかわ》で北涯の畑で雨にやられて以来、ほぼ半月雨が降っていない勘定になる。

「あれに見えるのが女米木山であんす」

船頭の声に碧梧桐は我に帰った。船頭が遠慮がちに指す方向に、標高四百メートルに届かない夏山が色とりどりの花を着けパノラマのように広がっている。

「露月の買うた山はどのあたりジャ」

碧梧桐の中に急に懐旧の情が込み上げてきて、はしゃいだ気分になった。そこで途中の山に舟をつけ、山百合を一束ね折って、それを舟の脇腹に結びつけた。少しも風のない蒸し暑い日に、芳香は一味《ひとあじ》の涼を吹く。

一舟を領《りょう》して百合に詩を思ふ　　碧梧桐

女米木の川岸から二町ばかり山の方へ入っていくと、六七軒並んだ家がある。一軒の駄菓子屋《だがしや》で、

「祐治さんはどこだ」

そう聞くと、褐色の肌をした丸顔の愛嬌のよい主人はすぐ向かいの家を教えてくれ

た。小さいけれども衛門が黒く塗られて、「石井医院」と書いた大きな札が門の丈に掛かっている。

「門より札が大きく見えるワイ」

碧梧桐は「にやり」と笑って得心《とくしん》する。かつて京都時代の露月がインターンを勤めた京都東山医院の看板も、露月に頼まれて碧梧桐が書いたものだった。

「露月らしいこだわり方ジャ。門より表札が大きく見えるのはそのせいだ」

碧梧桐は妙なところで感心している。

門を入ると、右手に夏菊と石竹《せきちく》が植わっていて、露月がしきりに鋏《はさみ》を鳴らしている。

「きのう来る筈であったのが一日遅れたので、きょうも来んのかと思うたよ」

涼しい顔をしている。碧梧桐は玄関へ上がるや否や、すぐ真っ裸になって、盥《たらい》で水を使った。やがて二階の欄干《らんかん》に寄りかかって目の前に広がる青田と、その果てを限る低い山続きの下に見える雄物川を眺める。

「まるで自分の家に戻ったような気分ジャ」

碧梧桐は大きく背伸びをした。そして途中で束ねた山百合を大きな花瓶に挿す。すると色どりに少し赤みがかった百合がぶるんと震え、芳香は六畳二間に漲《みなぎ》る。すぐに碧梧桐は一句を詠んだ。

二人いうて一句全《み》たし百合の花　　碧梧桐

階段を上って中二階のすぐ手前が寝室、奥が書斎。東に面した雨戸を繰り開けると、川を隔てた向こうの山の頂から朝日がはいる間取りだ。露月の心が一番休まる自慢の空間だ。

妻のコトがお膳を運びながら、

「遠いところ、よくおざってくれたんス」

町ことばで碧梧桐を歓迎する。色白で小柄なコトに、

――笑顔の素敵な人だナ。

と碧梧桐は思う。さらに喜んだのは煮物に添えられた山菜と豆腐の和《あ》え物だった。塩と砂糖で微妙な味付けされた和え物はコトの自慢の料理の一つだった。秋田八丈の袷《あわせ》に緋《ひ》ちりめんの襷《たすき》をかけて酌《しゃく》をしてくれるコト。飾らないふっくらした横顔をみているだけで、碧梧桐は酔いが回るのであった。

「お膳の野菜は皆ワシ自ら鍬を下ろしたものじゃ」

露月夫妻のもてなしが碧梧桐には嬉しかった。

露月山廬での一夜、碧梧桐はゆっくり眠った。目を覚ましたのは昼近かった。病院はなかなか忙しそうだ。病人が次々と来るのか、階下の控え室からは診察を待つ村人の声が聞こえてくる。後で聞くと三里ばかり離れた村から馬に乗ってきた女もいたらしい。

――村医として雷名が轟いているのか、医者としての地盤も出来たナ。

と碧梧桐は思い、大きな欠伸《あくび》をした。

三十日は午後、女米木山上での歓迎小集会があった。露月が自慢するだけはある見事な眺望である。女米木村が雄物川に沿うように、いわば女米木平ともいうべき山と山との間に開かれた村である。

――露月は山中、山中というが、水郷の村というべきだナ。

碧梧桐は眼下に広がる秋田平野の広大な眺めに見とれていた。

九十九の石段を降りると、なんと舞殿の板戸が外されて、平らな草の上に敷き詰められ、即席の座敷が出来ているではないか。碧梧桐は目を丸くした。そこに鷺郷（荒木房治校長）の教えている小学校の子どもたち八、九人に運ばせてきた鱒《ます》を皆で楽しそうに調理している。野菜を切って鍋に入れる者、大根を摩る者、豆腐を切る者と、鍋っこ遠足の雰囲気である。

若い蒓江は急ごしらえのかまどを作って、火を焚きつけている。

「酒は清水で冷やしてくるべ」

と大はりきりだ。

「蒓江も二十歳、大人の仲間入りジャ」

と露月。蒓江の俳号は露月の命名である。

「刺身を盛れ、膾《なます》はオレがこしらえる」

露月が諸肌脱《もろはだぬ》ぎになって按配《あんばい》した膾を葡萄の葉に盛って、一同酒を始める。

「はあ、膾の味が珍にして妙ジャ」

と碧梧桐が大喜びである。

「米女鬼山、露月趣味、山膾と山上の逸興《いっきょう》更に一段の趣を添えるというところジャ」

酒に弱い鷺郷の頬は既に真っ赤である。十余人は口々に、

「天下の珍味」

「少し味噌くさい」

「葉に盛ると汁が流れる」

などと、はしゃぎながら酒を重ねる。蜩《ひぐらし》が諸音《もろね》に鳴き、松杉の嵐が梢を渡る頃、朴《ほお》の葉に飯を握って頬張る者、一方で飲むほどに酔うほどに杯を重ねる者と、米女鬼の

山神も木の間から隙き見をして微笑んでいるようだった。
「雨乞の兼題で、句会ジャ」
そう言って、露月がまず雨乞いの一句を詠んだ。

　此山に巨人の跡や雨祈る　　露月

碧梧桐が続いた。

　川上る舟人も雨の祈りかな　　碧梧桐

翌三十一日には鷺郷の学校の運動場に席を設け、青天井《あおてんじょう》の下で晩餐を兼ねた小集で露月は旱魃《かんばつ》の一句を詠んだ。

　夏菊に人旱魃の立咄　　露月

八月一日夜には、自宅にて晩酌の後、互いに留送別句を詠んだ。

折節の句味も旱《ひでり》の別れかな　　碧梧桐

百合の香に驚いて相別れけり　　露月

八月二日朝、昨夕から合流の大館の珀雲《はくうん》、蕗山《ろざん》を伴い、新波で蒓江も合し、由利郡中の又経由で、象潟方面へ向かうこととなった。露月と鷺郷が村外れの石巻の清水まで見送った。清水で口を潤しながら露月は、

「もう発つのか、早いな。何やら物足りぬ」

そう繰り返す。碧梧桐も同じ思いを抱いていた。

二人には子規亡き後の一変した歳月があった。それを四日で語り尽くすのは無理というものであった。碧梧桐から見た露月は、あまりにも刺激の薄い天地に安住してしばしば自賛論《じさんろん》を吐く「俗物露月」であり、その姿が痛々しく悲しかった。

一方、露月から見た碧梧桐は、「俳句の新傾向」と言いながら俳句の立脚点を忘却して己が見えなくなっているようで、そうした碧梧桐への批判があった。二人は腹蔵なく、率直にぶっつけあった。

二人は、

「ああ、何やら物足りぬ」

そう言い合って村はずれの石巻の清水で別れた。碧に三千里の旅の余韻と刺激があり、露月に俳句の里でおもてなしをした自負があった。しかし、碧梧桐の目に「自賛論を吐く俗物」露月だけが残ったとすれば、碧梧桐の不幸というべきだった。

三千里の旅程中、碧梧桐が長く羽後に留まり、「どんな山村漁村でも十七文字の知らぬ人なし」と感銘した俳風土は露月なしに広がったわけではないからである。

清水は今なお当時の面影を宿し、そのことを問い掛けている。

第八章　耳ほがらなり

第一節　六朝風の書体

神去るが如く芭蕉裂けつくす　露月

明治四十一年九月十九日は子規の七回忌であった。露月は秋田市の舟木旅店にて五工、北涯と子規忌の晩餐をもった。「俳星」遅刊の件を話し合うことも目的だった。「俳星」は四十一年に入って四冊だけの発行で、九月号以降の目処《めど》が立っていなかった。

「碁を打つのもいいが、遊戯にふけって貴重な時間が失われたら子規子に申し訳たたねべ」

露月はやんわりと五工に釘を刺した。

「うーん、僕は優に二人前の仕事をして、その余暇に碁を打っておるんです」

五工は意に介さないふりをする。

「郡議、町議と政治面の奔走はワシと同じだが、碁だけでなく弓にも凝っているみたいだナ。能代新報の社主、一長堂《いっちょうどう》書店の営業、山本郡立図書館長と二人前どころか十人前じゃ」

北涯は皮肉交じりに五工を責める。「俳星」廃刊の取り沙汰の裏に、五工が「俳星」を投げ出すのではないかとの懸念があった。

北涯は子規像を五工の前の座布団に引き据え、

「露月先生が子規忌にわざわざワシらを呼んだ理由が分かるべ」

と「俳星」継続の件を諄々と説く。五工は北涯に見出され、北涯を点者として学んだ俳人であった。

五工の心は深く動いた。露月にもそれが分かった。北涯が愛児を失い、悲しみを抱えての説得であったからだ。

北涯には三人の男児があった。長男は生後二カ月で夭折《ようせつ》。成長したのは次男龍介と三男健次郎だった。その次男龍介が、大曲の農学校を優秀な成績で卒業し、学校長の熱心な薦めで東京帝大の法科に進む準備の矢先に腸チフスで急逝したのだ。

五工はやがて、迷いが吹っ切れたような表情になって、

「いや、子規先生と『俳星』維持の誓約があったことを忘れるところだった」

と言い切った。五工の素直な気持ちに露月も感動した。

明治四十二年一月、納谷一堂を編集長に、青木月斗《げっと》を同人に加えて「俳星」は、再スタートした。青木月斗の人選は露月であった。

――五工も北涯もやや疲れている。

それが露月の正直な気持ちだった。

「新しい風を入れるべ」

露月は何食わぬ顔でそう言った。月斗は少年期から俳句に入り、新聞「日本」の子

規選をきっかけに子規の門下となった。京阪満月会より分離して大阪満月会を興したが、「車百合」創刊時（明治三十二年九月）の子規の祝句「俳諧の西の奉行や秋の風」に露月は強く印象付けられていた。

露月は「俳星」に次の一文を書いた。

我輩の俳星に筆を執ることは俳生活における我輩の生命である。

それにしても露月に多忙な日々が続いていた。

十一月二十三日午前、妻が次女を出産した。その日は旧暦十月三十日の新嘗《にいなめ》祭であった。朝から小雪が舞っていた。露月は迷わず愛児を「小雪」と命名した。顔立ちが整い、細面の美人が予感され、露月を喜ばせた。但し、多少眼病の兆しがあって、露月をハラハラさせた。

小雪の眼病は容易に治癒《ちゆ》せず、二週を大幅に過ぎても、目が開かなかった。十二月十日になってわずかに目が開き、十三日になると病眼もかなり癒ってきた。産科同様、眼科も彼の得意とするところだった。菊夫、ツハに続く小雪の誕生で、露月一家は賑やかさを増していた。露月の句帳に次の一句があった。

里の子と路に遊べり風の神　露月

長年の懸案であった恩師・平山龍蔵の顕彰碑建立の事業が具体化したとの知らせが京孝からあった。露月にとって長く気になっていたことだった。

平山龍蔵は安政四（一八五七）年、能代に出生。幼名を今井多三郎と名乗った。平山姓は成人後、絶家となっていたのを再興したものである。

母親の連れ子として玉龍寺の和尚に拠《よ》った平山が女米木小学校に勤務したのは、露月の入学直後であった。以来、露月は七歳から十三歳までの最も多感な時期に、平山からの薫陶を受けた。

小学校入学と同時に「近古史談」「十八史略」などの素読《そどく》を通じて漢籍の素養を身につけたことなどは英才教育といえよう。青雲の志を抱いて上京したことや、後の挫折に負けないチャレンジ精神は平山の薫陶の賜物である。

「ワシの先祖はマタギぞ」

平山はそう言って髭の濃い頬をさすっては、猟銃を手に山に出掛けた。

雉子《きじ》撃つて新妻故に帰りけり　露月

明治十八年、平山が北海道へ渡ったのは、妻子を養うには教員の給与だけでは生活の困難があったからだった。平山はまず単身渡道し、札幌農学校農業伝習科に第一期給費生として入学した。二カ年で卒業し、当時の校長橋口文蔵の経営する橋口農場の農場監督となって一度帰省する。

妻子と養父の和尚を伴い、勇躍して北海道開拓に従事したのは間もなくのことである。が、まさに事が成ろうとした三十二年十月に病死した。享年四十八だった。

平山の顕彰碑の揮毫は、かねてから中村不折《ふせつ》に頼んでいた。碧梧桐が仲介してくれたものだが、既に露月の手元に届いていた。

露月が見入っていたところ、毬栗頭《いがぐりあたま》の京孝がやってきた。京孝は中二階の階段を上がるや否や、真ん丸い目の玉を大きく見開いて言った。

「祐治さん、中村不折の手ですね」

「六朝風とは粗削りだものだナ」

先に到着の京直もしきりに感心している。

「ワシが六朝風の手ほどきを受けた頃からみると不折の書体は変わったナ」

露月には不折の字が懐かしいのだ。

平山龍蔵の顕彰碑は十二月十七日に建てられ、除幕式には大勢の村人が参列した。頬を刺す師走の風が、潔く、こよなく清らかに感じられる一日であった。

炉《ろ》塞《ふさぎ》や耳目《じもく》に潜む風邪《ふうじゃ》の氣　露月

いかにも医師らしい露月の一句は生涯のものだった。

第二節　米女鬼文庫

明治四十二年は穏やかに明けた。七月十六日、「俳星」は百号を迎えた。百号記念号は百五ページの大冊となった。表紙に大書きされた「俳星一百號《ごう》」の題字がこれまでの沈滞した誌面を吹き飛ばすかのようだった。

露月の本格的な青年団活動も始まった。女米木青年団による夜学会は三十九年十一月に開設されていたが、事業として開始されたのは明治四十二年十一月であった。

夜学会は十一月から三月までの農閑期に行われた。毎月一と六の日に「修身」「国語」「算術」「実業科」を小学校教員や青年団役員が手分けして実施した。

夜学会はスタートから三十人余とすこぶる盛況だった。

――村の貧困からの脱出もここからジャ。

露月は夜学会に大きな可能性を抱いた。

夜学会は周辺村落でも一斉に始まっていた。しかし、青年の結集や教師の加重負担、親の協力体制などでどこも大きな壁に突き当たっていた。

――組織を整えること、そのためには青年団の旗印が欲しい。

露月はそう思った。

青年たちが女米木青年団に誇りを持てるように青年団の入団宣誓書、徽章《きしょう》条例の草案を急いだ。四十三年一月、雄勝郡駒形村（現湯沢市）の茂木雄三（雅号雷山《らいざん》）に女米木青年団の印と団長印を依頼したのもそのためだった。

雷山は雄勝郡駒形村三又《みつまた》の地主の七代目として明治十四年に生まれた人である。和風選の魁俳壇や「俳星」「懸葵《かけあおい》」などに盛んに投句する俳人であった。二十八歳の時、座骨神経痛の病が昂じて下半身不随となったが、沈金《ちんきん》・篆刻《てんこく》に優れた技を持っていた。雷山は早速作業に取り掛かり、まもなく青年団の印と団長印が露月の元に届いた。

筆法反《そ》り刀法屈《かが》む冬木か南《な》　露月

かつて露月は石田霜容や浅井小魚《しょうぎょ》の紹介で駒形村に雷山を訪ねたことがあった。雷山宅には真っ赤な鶏頭の花が咲いていた。病苦の子規を励ました鶏頭。その種子は根岸庵の律女から贈られたものだった。

その縁側の日だまりで篆刻にいそしむ雷山の姿を露月は懐かしく思い出していた。小づくりの雷山は、物静かで寡黙だった。その折、大事なものを紹介された。

「まあ、露月先生、ご覧になってたんセ」

雷山は書斎の奥から化粧箱の入った風呂敷包みを大事そうに抱えてきた。中から古い小型手帳を取り出した。升屋柳雨の集めた吉川五明句稿であった。二千八百二十五の句稿が何と編年体で編まれているではないか。しかし雷山は、

「柳雨の真筆かどうかはわがらねシ」

と控えめに言った。あくまでも真偽《しんぎ》に慎重な姿勢を崩さなかった。

魂棚《たまだな》に魂来ますらん庭の月　　露月

五明が同志四名と秋田において芭蕉復帰を宣言した際、明和四（一七六七）年以前の発句三万句は残らず捨てたと伝えられていた。

ところが、吉川五明句稿の最初のページに明和四年以前の句稿「二三尺這うて田螺《たにし》の日暮れたり」や明和四年の「髪結うて売に出でたる若菜哉」の句があったのだ。

五明は百姓ではない。杣子《そまこ》（きこり）でも海士《あま》（漁師）でもない。豪商の家に生まれ、消極的な田園趣味を深く感じ味うたといふことは、決して平凡な話柄《わへい》ではない。

露月はそう書いた。

雷山から小型手帳を借り受けた露月は、その中から一千余句を選し、末尾の升屋秋風編の「五明小伝」や蕪村の「春風馬堤曲《ばていきょく》」十八首含めて、「ホトトギス」十三巻四号（明治四十三年一月刊）に紹介した。

四十三年に入り、夜学会への参加者は十数人から二十人と安定してきた。三月三十一日には河辺郡長より金壱円七拾三銭の補助があった。だが、露月は素直に喜べなかった。

露月にとって夜学会は何よりも農村青年の心の交流の場でなければならなかった。――夜学会を杉の苗木のように大事に育て、青年たちを啓発する殿堂にしたい。しかし、何よりも夢が欠けている。

露月はじっと唇を嚙んだ。

そこへ偶然、大工の長之助が布子《ぬのこ》の着ぶくれの背中を丸くしながらやってきた。長之助は校友会文庫をこしらえてくれた大工だ。

「近ごろ、米女鬼文庫を利用する若い者も増えてきたみたいだスナ」

と鼻をすすった。

露月は、はっとした。

「うっ、そうだ。文庫ジャ」

露月は思わず声を出した。京都でのインターン生活時代の京都東山医院の文庫を思い出したのだ。長之助はきょとんとしている。

露月は頬を紅潮させている。米女鬼文庫が夜学会の核に据えられたのはこの瞬間であった。

短日や文庫の森の夕鴉　　露月

第三節　虚子来訪

虚子が平福百穂とともに秋田へ向けて東京を発ったのは明治四十三年五月十六日のことである。春雨の降る夜半で、上野駅では赤川菊村が見送ってくれた。

「先達の君が行かなくては困るじゃないか」

虚子は菊村を突っ付く。

「強いて休暇を取るわけにもいかなくて」

と菊村は謝る。

菊村は百穂と中村不公の推薦で東京毎日新聞社に入社したばかりだった。それ故、菊村が同行したくて実はそわそわしていることを百穂が一番よく知っていた。

「あまりいじめるナ。去年、左千夫の田沢湖巡りでは打ち合わせに何回も来てくれたべ」

百穂は秋田弁丸出しで取りなす。伊藤左千夫は昨年の秋、百穂の案内で角館・田沢湖に遊んだ。虚子は国民新聞社の文芸部長、百穂は同紙の美術記者であった。学芸部も絵画部も二階の畳敷きに同居していて、境の襖も取り払われて丸見えである。

虚子の旅装姿は帽子も決まっていたが、百穂はもしゃもしゃ髪に五、六拾銭の安っぽいカンカン帽をちょこんと乗せ、澄ましている。それでも自慢の髭だけはピンと張っていた。

虚子、百穂一行は秋田を出発した。

角館に一泊後、大曲から雄物川を下って女米木を訪ねる予定であった。しかし雨で中止となり、角館から露月宛の電報が打たれた。虚子の頭には河東碧梧桐「三千里」への対抗心があった。

――ワシも碧みたいに花でも一束ね折って舟の脇腹に結びつて雄物川を下ってみたいものだ。

虚子は残念がる。百穂の落ち込みはさらにひどかった。仙北平野から高尾山にパノラマのように広がる雄物川のスケッチをしてみたいと楽しみにしていたからだ。

二十日も雨だった。一行は汽車でひとまず秋田へ向かい、秋田魁新報社に安藤和風を訪ねた。能代から島田五工も合流し、夕刻から秋田魁新報社の招待宴があった。

翌二十一日、いよいよ女米木行きの日が来た。この日は一転して快晴となった。大曲から呉服商の有明が加わり、五人は人力車の人となった。

松圃は仙北民報の役員でボックス型のカメラが自慢だったが、機械に弱く、三脚などの運搬と機械の操作にしばしば社員を伴った。

この日は酔衣が仙北新報の記者兼カメラマンとして、有明はボックス型のカメラ及び三脚の運搬係として随行した。百穂のスケッチは「ホトトギス」を通じて全国に発信され、写真は「白虹」や「仙北新報」を飾った。

虚子は久しぶりの露月との対面に興奮していた。お互いに虚子宅での闇汁会と道灌山胞衣《えな》で催された露月送別会以来なのだ。

――秋田の山中に隠れて十余年、はるばると二百里の道を訪ねてきたオレに対して、露月はどんな風体で現れるかナ。

虚子はドキドキしていた。

ふと見ると、虚子の目に油のように流れる雄物川が飛び込んできた。帆を張った船が一艘止まったように浮かんでいる。東京に住んで絶え間ない刺激にこづき回されている自分と比べ、

──露月という男はこの雄物川のようだ。

と虚子はしみじみ思う。

やがて川幅が広がり広闊《こうかつ》な眺めとなった。有明が、

「これが相川の渡しジャ」

有明の声に百穂の目が輝いた。渡守の小屋も渡し舟も川向こうである。車夫の一人が、

「ホーホー」

と梟《ふくろう》のような声を発して渡守を呼ぶ。声は川面に跳ね返って広がると、小屋の入口の筵《むしろ》が動いて人が出てきた。

しばらくすると蓑笠を着けた老船頭が悠々と舟を漕いで向かってくる。到着まで一行は路傍の石に腰を下ろして待っている。

川岸の葦切《よしきり》がしきりに鳴く。五人と車夫二人、それに二台の人力車をまず渡す。三台と車夫三人は跡に残される。その間百穂が画帳に筆を走らせている。

船が一町ばかり漕ぎだされた時、有明が説明した。

「そーれ、あの三角の山が女米木山だんす」

――露月がいつも「蒼天、蒼天」と唱えている山か。

と虚子は感慨深げに見入る。かつて子規居士が「秋田の片田舎に怪しき物あり」と書き、露月を変わり者のように吹聴した。

英雄好みの居士なればこそだが、山は平凡、ワシも露月も凡夫ジャ。「秋田の片田舎に凡夫あり、露月といふ」と変えた方がぴったりジャ。人間臭さが露月の味よ。

虚子は露月がよく語ってくれた夜叉鬼のことを思い出していた。

夏木描く傍《かたわら》鬼の話哉　　露月

一行は女米木村の入口に差し掛かった。しばらく行くと一台の荷車に路を遮られたので、五人は車から降りて歩くことにした。そこに神社があって、三、四百年も経ただろうと思われる大木の杉が二本。神社の入り口に六朝風の字で「平山先生碑」が立っていた。

「神社の碑の話は、秋田で五工から聞いた。露月が薫陶を受けた平山先生のことだ」と誰かが言う。その間にも松圃がレンズを向けて位置を取っている。百穂は
「中村不折の筆はおもしろい」

そう言いながらスケッチを始めている。

一人、虚子だけが先にずんずん進む。すると向こうの径を帽子も被らぬ背の低い一人の男が、西日に小手を翳《かざ》しながら近づいてきた。虚子は、

――露月だ。

と直感した。虚子も歩を速めて帽子を上げて、三、四度振る。顔が確かめられると、二人は声を掛け合った。

「暫く」

「ああ暫く」

「ウン　随分待ったよ」

露月は呟《つぶや》くように言いながら先に立って歩く。露月は素足に板のようになった下駄を履いている。着物は古びた茶色の袷《あわせ》で帯は汚れた白木綿だ。露月の首筋の皮膚に光沢がなく、垢で汚れたようにやや黒ずんでいる。「古びた茶色の袷《あわせ》」「汚れた白木綿の

帯」は芭蕉の奥の細道での衣装の取り合わせだが、虚子は気づかない。

　まもなく露月は立ち止まった。そして言った。

「ああ　この家だ」

見ると「石井醫院」という札が下がっている。門の中には十坪ばかりの空き地があって、その向こうに背の低い、押しつぶされたような二階家が建っている。木材は皆ベンガラで赤く塗られていた。正面の壁に郵便函があって、その横に「郵便切手賈下所《あきなうしたじょ》」と、六朝風の字で書かれた紙が貼られている。

　まもなく後続が到着した。

「おや　暗くなる前に写真を撮るべ」

松圃はボックス型のカメラを取り出す。玄関の古木を前にまず露月が立ち、その左に虚子が立つ。着物姿のふたりは腕組みをし、くつろいだポーズをとる。真ん中というよりも虚子の後ろ側に、百穂が遠慮がちに立った。虚子は、

「松圃君も入ったら」

　と誘うが、

「いや　この一枚だけは、ワシのシャッターで」

と動こうとしない。こうして、松圃のカメラによる三人の記念写真が誕生した。

露月は虚子を二階に誘った。そこは診療所の真上、八畳と六畳続きの日本間である。二人は窓の敷居に腰を掛けて、広々とした田圃を見ながら、

「何年になるかなあ」

「うーん　三十二年に引っ込んだから十一年になるなあ」

「お互いに年を取ったなあ」

「子どもは何人だ」

「三人だ。君は？」

「五人だ」

　などと語り合う。虚子が、

「そうか　話し相手が無くて淋しいだろう」

と水を向ける。露月は、

「仕事の忙しいときは何ともないが、閑なときは時々寂寞《せきばく》に堪えぬようになるよ」

「そんなときは、山に上がって蒼天蒼天と唱えるのか」

「そうでもないよ。山は年二回ぐらい。普段はこの手すりにもたれて考え込むんだ」

　虚子は意外に思った。

――露月は常々東京の方角を見、一種の感慨に打たれているに違いない。きっとハ

イカラな真似をして多少得意がってワシを迎えるだろう。と思い込んでいたからだ。ところが髭も剃らず、全く普段着のまま自分を迎えている。飾らない露月に虚子は何ともいえぬ安らぎを抱いた。

夕刻になっていたが、露月は一行を高尾山に案内した。普段は見晴らしの良い八合目あたりの横長根であるが、既にうす暗くなっていた。それでも百穂はスケッチをやめず、松圃、酔衣、有明は仙北平野の眺望をカメラに収めようとしていた。

山を下りると石井家には明かりが灯り、膳が待っていた。五人の車夫たちは既に本家にわらじを脱いでいる。

「まあ　遠いところ、よくおざってたんス」

コトは町ことばで一行を歓迎する。

お膳は煮物に添えられた山菜と豆腐の和え物だった。塩と砂糖で微妙な味付けされた和え物はコトの自慢の料理の一つだった。

秋田八丈の袷《あわせ》に緋縮緬《ひぢりめん》の襷《たすき》をかけて酌をしてくれるコト。十余年ぶりの酒と対話は深夜に及んだ。特に百穂は山菜と豆腐の和え物を喜んだ。

名だたる酒豪だった父・穂庵同様、百穂は中型の洋杯で熱燗をぐいぐいやっつける。

頬を林檎か熟し柿のように真っ赤に染めながら、先ほどスケッチした山廬玄関の屋根越しの二階書斎の窓から虚子と露月が外を眺めている絵を示した。すると虚子が一句を献じた。

炉塞いで天下無用の主哉　　虚子

「無用の主」は露月を指す。「田舎では用の無い主は是非東京に出て来い」と呼び掛けたのだ。それに対して露月は一句を返した。

熱喝《ねっかつ》に耳ほがらなり山笑ふ　　露月

その句意は「熱意あふれるお叱りも耳の中が空っぽで、すっこぬけてしまったよ」というのである。季語の「山笑ふ」はとぼけた句意も含み、絶妙の取り合わせだ。もちろん松圃を始め誰もそのことに気づかない。それでもやんやの喝采である。

自作のスケッチで話の継ぎ穂を作った百穂は気づいていたかもしれない。その証拠に彼は急に話題を変えた。

「ワシの国民新聞入社は明治四十一年じゃが、徳富社長は入社第一日から平福君でも平福さんでもなく、平福先生と呼ぶ。参ったよ」

と自慢めいた話をする。

そこには画業にかけた百穂の並々ならぬ自負がうかがわれる。が、緊迫したその場の雰囲気を和らげようとした百穂の演出であったのかもしれない。

「国民新聞は何といっても徳富蘇峰先生と百穂画伯の二枚看板じゃ」

と虚子は百穂の話に継ぎ穂をしたが、露月もそうだと思っている。

しかし一方で、製版されて編集の手に回った後、百穂の原画がポンと紙屑箱に放り込まれていることも虚子は知っていた。百穂の原画が逸品として光り出すのは大正七、八年後のことである。

その夜は時間の経つのも忘れるほど盃を交わしたのだった。露月は後に次の一句を残した。

一宿に足る交や露涼し　　露月

翌朝早く、虚子は百穂に起こされた。能代の五工と会う約束があった。

昨夜の俳句談義は、虚子にとって久しぶりだったが、忘れていたものを取り戻したような気分になっていた。

虚子が露月を訪ねる時までは、純粋に小説制作に没頭していた。小説家として自己の道を切り開こうとさえ思っていた。雑誌「ホトトギス」に、俳句関係の記事を一切掲載しないほどの没頭ぶりだった。

ところが、虚子が初めて知ったことだが、一行が秋田入りの直前の五月一日、秋田では第六回全県俳句大会が開かれていた。千秋公園の武徳殿で開かれた大会には、過去最多の百二十人余が集まったというのだ。

露月は、「『小日本』時代の俳況より説き起こし、現今の新傾向に及ぶ」をテーマに二時間にわたって講話したという。その日のことを話す露月の落ち着いた話しぶりから、虚子の心に聴衆の姿がありありと浮かんだ。

――日本派の俳脈は羽後で発展している。

虚子は感動したが、強いショックも受けた。

朝食を済ませるともう出発である。虚子一行が車に乗るのを、露月は門前まで送って出た。

「大変騒がせたね」

げな後ろ姿を、虚子は永く眸裡《ぼうり》に残そうとした。

丁度露月が門に入ろうとしているところで、その後ろ姿がちらっと見えた。その淋し

と互いに別離を叙す。暫く行ってから虚子は車上から、山廬の方を振り返った。

「何だか名残惜しいね」

　虚子一行を送り出して、書斎に立ち戻った露月は、取り散らかしたものを片付けよ
うと書棚を開けた。そこに松山版「ほととぎす」と東京版「ホトトギス」の束が目に
入った。

　平仮名の「ほととぎす」は露月が選者として関わったものだ。片仮名の方には中枢
に虚子がいる。どちらにも「いのち」をかけた子規の吐息があった。それから十余年、
「ホトトギス」は盛時の三分の一まで減少しているという。

　東京に帰った虚子から間もなく、五月二十四日付けの礼状が露月宛に届いた。

　十二年ぶりの出会い、たとえ少時間でしたが深く大いなる印象をいだきました。旅
中の一日は、ひと月程の長さに覚えました。

ところが、続いて届いた七月四日の手紙には驚かされた。

今月カラ僕一人デ事務モ編集モヤル

そう書いてきたのだ。虚子は「ホトトギス」の同人制をやめ、虚子個人の雑誌にして徹底して虚子臭を出すことで、起死回生を図ろうとしていた。

露月は驚いた。滞在中に虚子は露月に何も言わなかったからだ。碧梧桐の「三千里」の行脚以来、碧と虚の溝は深まるばかりだった。夏目漱石は朝日新聞に仕事場を移し、「アララギ」が創刊されて伊藤左千夫や長塚節は独自の道を歩み出していた。

子規没後、子規門の同人たちはその得意とするジャンル別に応じて独自の仕事へと分化させた結果、「ホトトギス」の役割が必然的に意義を失ったのだろうか。

——虚子の挫折がある。

露月は気づいた。小説家虚子の挫折だ。虚子は、

「俳句の文学的『価値』すなわち『俳句』は現実生活を描くことが出来ない」

とまで言い切っていた。

ところが虚子が露月山廬を去った明治四十三年の秋。虚子から突然、二年間勤めた

「日本新聞」の文芸部長を降りることになった旨の手紙がきた。
――虚子の内面に何かが起こったのだ。
露月の窺いしれない虚子の「こころ」の動きがあった。

知る人に逢はずなりゆく野菊哉　露月

第九章　大正改元

第一節　文明は川から

明治四十五年七月五日、文明は川からやってきた。川蒸気船が初めて雄物川を遡って試運転の形で姿を現したのだ。
七月十八日、川蒸気船は石炭の煤煙《ばいえん》を清澄な田圃に流しながら巡航を始めた。石炭で焼玉を暖め「ポンポン」と軽快なリズムを響かせる。客船に沿岸の人々は鈴なりになって見物に訪れた。

雄物川の舟運に動力船が登場したのは明治十七年、大曲の小西伝助（平洲）が中古の蒸気船を購入したことに始まる。しかし、客船としては隣村・新波の加藤梅松の新波丸が秋田市馬口労町から新波間の航行が最初であった。梅松は川向の淀川村土淵の人である。

梅松は一念発起して家業の農業を弟の梅次郎に任せ、単身で新波商店街に住み込み、雑貨商兼運送業から身を起こした。羽越線開業前の新波商店街ピークの時期であり、そこに梅松の先見の明があった。

商才に長《た》け、丸顔の親しみやすさと行動力で、雄物川に客船を浮かべた。虚子の目に「油のようにのんびりした川」と映った雄物川だったが、川蒸気船が巡航を始めると「帆を張った船」の姿が消え、川の流れ方も変わったように思えた。

しかし、変わったのは川の流れだけではなかった。

昨年来、青年たちの中にこれまでにない動きが見られるようになった。各地の中学校や専門学校で同盟休校が発生していた。若者の中に新しい風が吹き始めていた。

露月はそうした青年の変化にふさわしい旗印が女米木青年団に必要だと思った。

早速、荒木と京孝、兄の与八に相談した。露月が最も頼りにしているメンバーである。仕事休みの京孝がまず中二階の階段を上がってきた。三人が露月の書斎で顔を合わせるのは久しぶりだった。

　割前《わりまえ》を出さざなるまい心太　　露月

　露月は顔を紅潮させながら、

「忙しいところ、えぐ来てけだナ」

と、挨拶した。

　書斎の柱には「『恥ぢよ　働け　懼《おそ》るるな』女米木青年団法三章」と書いた巻紙が貼られていた。

「祐治に考えがあるのだったら、率先して示すべき」

　兄の与八から事前のアドバイスがあったのだ。与八は巻紙を満足そうに見入っている。

「フーム」

　与八は、露月同様に背丈はないが、胸が厚く腕も太い。

　まず荒木が口火を切った。

「『恥ぢよ』は自立をためらう消極思想の戒め、『働け』は勤勉、最後の『懼るるな』は旧弊や権力を懼れずということだナ」

荒木は確認するように露月の方を見た。隣で京孝が真ん丸い目をさらに大きくしながら、

「『懼るるな』は今の青年にぴったりだ。いずれも校長や教師への不満の爆発で、去年三月は本荘中学校、七月は秋田農学校、十一月には秋田中学校と連続して同盟休校の騒ぎがあったからナ」

と、いかにも情報通らしい。

「学生だけでねぇ。去年三月は土崎鉄工所の職工、今年五月には荒川鉱山の鉱夫らの騒動もあったゾ」

寡黙の与八には珍しく、賃上げを要求してストライキをやった職工や鉱夫らの動きを話題にした。その表情には農作業で鍛えた精悍さがあった。

露月も重い口を開いた。

「ワシとしては最初の『恥ぢよ』に力を込めたつもりだ」

と言う。すると荒木が、

「やはりそうか、独立村としての気構えは、まず自立が土台ということだ」

と納得したように頷いた。
女米木青年団に対して、知事より表彰の通知があった。露月は「法三章」を歌詞に入れて団歌を作った。青年団知事表彰披露宴が学校で開かれた。加藤種平村長、石井戸米川村長列席の中、女米木青年団歌は高らかに合唱された。

恥ぢよ　働け　懼るるな　法三章の旗影に　強く踏まえし　力脚……。

行進曲風のリズカルな歌声は新しい光の差し込む講堂の中に響いた。

此樹あればぞ此里の在る夏の月　　露月

第二節　　平福百穂

明治四十五年七月三十日、午後零時四十三分、陛下崩御《ほうぎょ》の報が届いた。この日も集落の遥拝殿《ようはいでん》では平癒祈祷《へいゆきとう》が行われる予定であった。崩御に対して露月は一句を奉じた。

霹靂《へきれき》として神去りましぬ夏の雲　露月

翌日、大正元年と改元された。霹靂とは急激な雷鳴の意味、大きな音響と共に改元したとの比喩である。

御大喪儀遥拝《ごたいそうぎようはい》は九月十三日の夜八時、女米木小学校運動場にて行われた。東京での御大喪と同時刻に全国で行われた。

女米木の真っ暗な運動場には厳かな提灯《ちょうちん》行列が続いた。提灯行列は普段は高尾神社祭典の宵宮に行われる。縄梵天を奉納する宵宮の灯は田圃を一周する幻想的な絵巻物を演出する。だが、この夜は人々の深い悲しみに包まれた。

御大喪儀遥拝を終えた露月たちは遥拝殿に集まった。荒木房治、安亀、石傳、京孝、京直などいつものメンバーである。

まず石傳が口火を切った。石傳は露月より十年先輩格の議員である。その風貌には落ち着きが備わっていた。

「明治は永遠に続くものとの思っていたが、大帝の崩御は大きなショックだ」

これは皆の気持ちを代弁していたが、起こるべからざる事の起こった一つの現実であった。

大正の改元は農村復興にも新しいエネルギーをもたらしていた。

六十八歳の石川理紀之助が窮村復興の高志《こうし》を懐き、森川源三郎らと仙北郡強首《こわくび》村九升田《くしょうだ》（現大仙市強首）に常駐したのは年号も大正と改まった八月一日のことである。その際、露月を驚かせたのは、石川翁が高齢を押して身を挺したばかりでなく、その決断と行動の速さだった。

理紀之助の行動は多方面から注目され、新聞はその動きを逐一伝えていた。

「翁の生命力には驚いたナ、七十は過ぎたべ」

「いや　弘化二（一八四五）年の生まれだから七十前だべヨ」

「石川翁は九升田《くしょだ》に骨を埋めるつもりなのか」

「俺は農民だ、農民が農民を助けないで誰が助けるか、と言って九升田に向かったという話だ」

後に郡会議員として露月の農村活動を支える石傳、後に戸米川村村長となる日焼けした童顔の京孝。精悍な表情の京直。「演説」にいつになく熱を帯びる安亀は興奮していた。

そんな皆の話に耳を傾けていた荒木は、

「石川翁は県庁を辞めて居村救済《きょそん》に着手。招かれてはるばる九州五十一カ所の講演行脚。老躯《ろうく》を引っさげての今回の九升田への行動。これこそ新しい時代が求めているエネルギーでねべが」

と言う。その言葉に皆が納得した表情を見せた。

露月はといえば、

――石川翁の真髄をどう若い世代へ伝えるか、急がねばならない。

と考えている。

白雲一片鯊釣《はぜつり》を見ぬ里もなし　露月

大正に改元されてから間もなく、再び伝染病大流行の兆しが表れた。九月には全国的にコレラが流行した。雄物川上流の隣村大正寺村萱ケ沢、神ケ村、新波に赤痢患者二十一人が大量に発生、千草頼三《ちぐさらいぞう》医師から応援の依頼があった。露月が駆け付けた時、五棟もある竹の花隔離病舎には患者があふれ、五人の死者が出ていた。髭を蓄え、いつもは精悍な千草医師だが、顔面に疲労が漂っている。

「うーん、こんな人数は、今まで見たことねナ」

　ベテランの千草医師は、そう言って手を消毒した。隔離病舎は雄物川流域の新波と左手子、川添と三カ所あったが、どこも似たような状態だった。俄仕立《にわかじた》ての粗末なバラック病舎に秋の冷雨が沁みこんでいた。

「いや　三十五年の年そっくりだナ。田んぼの方もひどい状態だ」

　露月は往診の途次に見た白川や繋集落の無残な稲穂の様子を話した。九月二十三日には大型台風が東日本を縦断、死者百五十人の被害を出していたが、これに冷害が追い打ちをかけた。露月は次の一句を句帳に書き込んだ。

秋出水丘の狐の憎まるる　　露月

　異常気象は大正二年も続いた。梅雨が長く続き、七月の無降雨日は三日だけで、日照時間が少なく八月に入っても異常低温が続いた。青森が七割、北海道が九割の減収で、その救済人口は九百三十七万人にも及んだ。

　女米木村でも食べる米が無くなり、蕨の根を掘っては叩く音がどの家からも聞こえてくるようになっていた。大正二年は天保以来の大凶作となった。

一方で時代の変化は政治の面にも表れていた。

大正二年、露月山廬には女米木青年団幹部恒例の新春の集まりがあった。荒木房治、安亀、石傳、京孝、京直蔵、川崎丸の岸市五郎船頭などである。一月一日、秋田市凱旋《がいせん》座で開かれた閥族打破《ばつぞくだは》・憲政擁護の県民大会が話題となった。

「二千人もの大集会には驚いてしもうたワイ」

と岸市五郎は、川機艇から降りたばかりで、太い首回りまで日焼けした顔をさらに真っ赤にして言う。川機艇とは当時流行のポンポン蒸気船のこと。船頭の耳は早い。

凱旋座は日露戦争の戦勝を記念して、長栄座が凱旋座の名で明治四十一年に川反繁華街に建てた活動常設館であった。芝居、浪曲の公演など東北でも有数の劇場であり、大正二年五月に活動写真が常設された。大正三年に徳川夢声が月給三十円で主任弁士に来たことで評判となった。

新聞もほとんどが憲政擁護派を支持していた。二月に入り、議会では政友会、国民両党二百三十四人が署名した桂内閣不信任決議案が提出され、尾崎幸雄が桂内閣への弾劾演説をした。尾崎はその中で、

「天皇は神聖にして侵すべからずの大義は、国務大臣がその責任に任ずる故なり」

と断じた。

民衆の目は、貧乏の追放という、ぎりぎりの生活の解放を願うことから、政治の改革を要求する目へと広がっていた。

五月十四日、露月と蒓江は秋田市の凱旋座で開催された犬養毅の政談演説会へ出掛けた。尾崎幸雄と「憲政二柱の神」と併称される犬養毅の演説に、二人は新鮮な感動を覚えた。藩閥政治打破を唱え、憲政擁護運動に奔走する犬養は演説を次のように締めくくった。

「第三次桂内閣は、民衆の力で潰された。憲政史上最初の出来事だ」

演説会の帰路、川機艇の中で蒓江は目を輝かせていた。

「新しい時代が新しい精神を生み出すんですネ」

と興奮して言う。

「新しい精神はまた新しい文化を創造する」

露月は力を込めてそう言った。彼の中に深い確信が芽生えていた。

陽炎に何語りけむ唇ぞ　露月

時代の変化は文芸上にも表れた。大正二年一月の「ホトトギス」の表紙は、平福百穂の華やかな舞妓の絵で飾られたが、その巻頭に次のような「高札」が掲載された。

一、虚子即ホトトギスと心得居る事
一、平明にして余韻ある俳句を鼓吹《こすい》する事・新傾向に反対する事
一、「さし絵」を一芸術品として取扱ふ事

小説に徹底していた虚子の一大変転であった。が、虚子の俳句活動の再開に唐突さを感じた読者もいた。虚子選雑詠が「ホトトギス」誌上に復活したのは、明治四十五年七月であったが、入選句数二十四句に過ぎなかった。大正二年一月号には入選句数百六十句と増加する。

露月は気づいていた。

――平明を説く虚子に共鳴し、新鮮な魅力を抱いたのだべ。

新傾向俳句の流行と変調に戸惑い、困惑し、嫌悪感さえ抱いていた俳人たちは、

「ホトトギス」に復帰してきた。その反応に虚子は自信を持ち、新たな熱意に燃えていた。もちろん露月も虚子の動きに注目していた。

筆把《と》れバ書かざなるまい踊るもの　　露月

そんな折、虚子から、
「自宅にて久しぶりに句会を開いた」
とのはがきが露月に届いた。手紙には次のようにあった。

女米木を急襲して以後、ほとんど句会を開いたことも、句座に顔を出したこともなかったオレだが、紙を配り、硯を揃へたりしているうちに、改めて句会を懐かしく思ふやうになったよ。露月君に大いに刺激されたみたいだよ。

まもなく、虚子の一句が「ホトトギス」に登場した。

春風や闘志を抱きて丘に立つ　　虚子

数え年四十歳の虚子が第二の青春ともいえる俳壇復帰を宣言したのだ。露月は感じていた。虚子の句は言葉の強さの割に対象への切り込みが浅く、詩情も豊かとは思えない。だが「新傾向に反対し伝統を守る」との闘志は食い込んできた。

露月は「ホトトギス」の表紙に描かれた百穂の舞妓の絵をじっと見た。膨らみのある写生の中に清新な情感を漂わせている。

――「ホトトギス」を押し上げたのはこれだ。

露月は独りごちた。百穂はこの年、斉藤茂吉の第一歌集「赤光《しゃっこう》」の挿絵を描く予定で、新聞の広告欄を賑わしていた。

大正三年三月、百穂は東京大正博覧会に「鴨」を、文展に「七面鳥」を出品する。それまでの自然主義リアリズムから一転した写実と装飾性とを融合させたもので、そこに百穂の新機軸が示されていた。確かに時代は新しい文化を求めていた。

第三節　石川理紀之助

時代は露月と理紀之助をさらに接近させた。露月が女米木青年会の代表に手紙を持たせ、石川翁に直接指導を仰ぐべく、九升田に青年たちを急派したのは大正二年のお盆過ぎだった。女米木から九升田まで三里と離れていない。

青年たちは九升田に到着したものの、折悪しく石川翁は巡回指導で不在であった。が、数日待って翁の指導を受けることができた。まもなく石川翁から大正二年九月十日消印で露月宛に書簡が送られてきた。封筒の裏には「仙北郡強首村九升田出張　石川理紀之助」と書かれている。露月はそっと封を切った。

露月は理紀之助とはこれまで一度も顔を合わせていない。だが、文面から「未得尊顔候」と顔合わせしたことのない露月を強く意識していることが分かった。女米木の青年たちの態度を立派だと励ましてくれている。石川翁の辞の低さ、誠実な人柄を身近に感じた。理紀之助翁にぜひ会いたいと強く願うようになった。

そのチャンスは意外にも早く訪れた。それは強首地震との遭遇である。

ごうと鳴る風に非ず冴返る空　　露月

大正三年三月十五日早暁《そうぎょう》、強首は震度七の激震に見舞われた。午前四時五十八分四十二秒、ゴーゴーという地鳴りと共に津波のように襲ってきた。最初は上下動でおよそ一分、それより波動に変わって強烈に大地を揺さぶった。不気味な音は人々を震え上がらせた。

強首は女米木に近い。人々の恐怖は明治二十九年の六郷地震の比ではない。早暁起床の時間だったので大方は裸のままで屋外に避難し、「こぢげ」（肥塚）目指して避難した。地割れの場合、藁堆肥《わらたいひ》の上が最も安全というのが昔からの言い伝えだったからだ。

突き上がってそのまま落下する直下型地震で、鴨居《かもい》から柱が切断され、鴨居と敷居がほとんど寸尺の差なく重なり、倒壊した家屋から屋根を破ってやっと逃げ出す住民がほとんどだった。

震源地の大沢郷円行寺《えんぎょうじ》に隣接している隣村大正寺村・萱ケ沢の二古沢《ふたござわ》港では、雄物川が隆起し、川中島が生まれた。露月は一句を句帳に書き込んだ。

地に布ける淡雪亀裂さながらに

理紀之助は難を逃れた。たまたま県北巡回講話のため九升田を離れていたからだ。彼は直ちに県庁に直行、被害の状況をつかもうとした。

大曲方面は線路不通で被害の様子は何も分からなかった。まして九升田については二十三日になってやっと噂を聞く程度であった。やがて全壊、半壊、火事による全焼と焼死者など惨憺を極めていることが伝わってきた。

理紀之助は克己《こっき》（日記）に「仙北全部。死者八十七名。負傷者百九十名。潰家六百五十二戸。半潰以下三千六百三十九」と記した。後の「西仙北町史　近代編」と比較しても、その記録は極めて正確である。

玉龍寺に大きな行事があった。

本堂新築落成の式典に加えて、前年に天徳寺の末寺《まつじ》である手形の白馬寺との間で住職交換が行われ、水戸大全《みとたいぜん》和尚を迎えての落成であった。

その折、露月の耳に「近く種沢村に理紀之助来る」の知らせがもたらされた。

露月は驚いた。というのも理紀之助は八月十七日に妻スワを亡くし、三十一日に仏送りを済ませたばかりだったからだ。

──細君を失った悲しみを押さえても、翁には訴えたいことがあるのだ。

露月は理紀之助の心底深くに燃えるマグマを思った。

九月七日、小学校の講堂は既に満員であった。種沢青年団の主催行事だった。

理紀之助は登壇する際、腰痛のためか随分と難儀した。しかし、いったん壇上に立つと毅然として口を開いた。理紀之助の歯は大分弱っていて、不自由そうであった。

それでも話し方は　噛んで含めるような、初心者でも理解できるようにゆったりしたものだった。理紀之助の講話を終えたのは夕方近くであった。

その日の理紀之助の宿は前区長の加藤政太郎宅で、鯉や鮎などが用意された招宴があり、露月も招かれた。若妻の滋子は笑顔で出迎えた
「よくおいでくれたんすナ」

滋子は隣村・淀川村の肝入り小三郎家（加藤蒓江家）から嫁した人で、上品な言葉遣いだった。

この日理紀之助は、腰痛の為か座布団を重ねて座っていた。

訪ねた露月の席は理紀之助に近く、従兄の加藤政治郎とは隣り合わせであった。政治郎は次男ながら妻ケンの実家・平四郎家の当主を継いでいた。

政太郎家は種沢沼田の潜龍寺《せんりゅうじ》に隣接する広大な敷地に郵便局を営み、地租二百円以

上を納める大地主だった。二百円台の納税者は種沢村は皆無で、近隣でも最大の納税者であった。政太郎の関心は、当然ながら理紀之助の九升田での実践だった。

「農家経済の中で家計に打撃を与えているのが冠婚葬祭。石川翁が三年間節約のために仏事・法事の寺の費用は村人の貧富によって定め、飲食の節約を旨としたが、これは石川翁なればこそ可能であったのでねべが」

政太郎は理紀之助というよりも座のみんなに賛同を求めるように話した。理紀之助は大きく肯きながら、自説を繰り返した。

「少なくとも九升田の困窮の原因は村人による自暴自棄ではないス」

隣の政治郎は盃を持ってじっと耳を傾けていたが、

「農村窮迫の根本は明治の地租改正でねべが、秋田の山林原野の八十パーセント以上が国有林に編入されて、百姓は美林を横眼で見ながら苦しい生活を強いられているんス」

と訴えるように語り掛けると、その場に一瞬、緊張が走った。政治郎の主張するようなことが、小作争議でしばしば話題に上っていたからだ。

理紀之助は政治郎に向かって、やんわりと切り返した。

「ワシは農業それ自身の中で解決しようとしている。しかし、これからは政治郎さんのような新しい考えが大事になるナ」

理紀之助はそう言いながら、少し口にした盃を政治郎に返した。後年、政治郎は小作人組合を結成し、「秋田県労農史」に登場することになる。理紀之助は白い髭に笑顔を見せながら、受けた盃を少しだけ口にした。理紀之助は下戸だった。

翁の皺深い顔が燭光《しょっこう》の明りにほぐれていた。

第四節　子規忌

大正五年の初夏、露月は自然観照の上で、句作に独自の色を見出しつつあった。

餘花一樹山中《やまじゅう》の地氣もゆる也　露月

「餘花《よか》」とは初夏になってなお咲き残っている桜の花のこと。山は若葉に包まれ、緑の生気と桜の生気が相和して、燃えるが如き躍動感であった。

短夜に戸に物の苗くれに来る　　露月

短夜の束の間にも苗はせっせと根付いている。根付いているのは苗ばかりではない。早朝起きてみたら誰かが、その大事な苗をそっと戸口に置いてくれていたのだ。「季」は北国の熱い人情をも包んでいた。

野路《のじ》一人雉子鳴く方を後ろにす　　露月

露月は平明な俳句を目指していた、だが十七文字の中に余分な素材がひしめき合っている。挟雑物《きょうざつぶつ》の一切を切り取り、もっと平明な句を目指したいと、露月は模索していた。

六月の樹々の光にあゆむかな　　露月

降りこぼれそうな新樹の輝きに向かって心の弾みがふつふつと湧いてくる。一本の草の葉、半片の木の葉にも俳句はある。いかに巧みに草の茎を描き、木の葉を写しているだけでは俳句にならない。詠歎すべく心に迫るものがあって初めて句の上に詠歎する。詠歎は一種の歓喜であり、歓喜の情が内的に律動し詩となる。
それが露月の考えだった。

花菖蒲の笑むなべに汝が顔を見る　露月

六月十五日、露月に三女が生まれ、章子《あやこ》と命名した。露月はその喜びを一句とした。二年前わずか十日で三男高見《たかみ》を夭折《ようせつ》させた夫婦にとっては久しぶりの喜びだった。だが二十日ばかり早い出産に加えて妻・コトの乳の出も悪く、夜泣きが止まずに産婦を困らせた。幼児の成育は心配の種であった。

その年の九月十九日子規の命日に、露月は玉龍寺にて初めての子規忌を催した。玉龍寺に会する者十一人。そのうちの一人は五里の道を、二人は三里の道を、三人は一里をとそれぞれ遠距離をやってきた。それまでの露月は忌日に高尾山にて草花を集めては独り瞑想《めいそう》に耽《ふけ》る習わしであった。
露月は子規から拝領の秘蔵の短冊「渋柿は馬鹿の薬になるまいか　規」を本堂の柱

に掲げた。そして、寺の後ろの畑や藪から草花を折り来て、寺の花瓶を借りて挿し、煎餅と菓物を供えた。

山寺や木鼠《きりす》に石打つ秋の風　　露月

墓地の胡桃の枝を栗鼠《りす》が上下している。誰かが石を投げつけた。石は幹に当って戛《かっ》と鳴る。その時、露月は「カツ（喝）」「ネギシ（根岸）」を忽然《こつぜん》と思い出した。子規は晩年、大苦痛の一日、「露月に打電せよ」と枕元に居るものに電文を口伝えした。それが「カツ、ネギシ」であった。想い出す度に露月は粛然《しゅくぜん》として、――その将に死なんとするとき、余に一喝を与えた子規の思い……。と身の寒さを覚える。

秋風に鞭うたれる藜《あかざ》かな　　露月

露月に子規忌感懐の一句が浮かんだ。藜は畑地に繁茂する雑草、野放しにすれば子どもの背丈ほどにもなる。茎幹《けいかん》は強靭だが、風に弱く柄《え》についた葉は打ちひしがれたように見すぼらしい。

露月はそんな褻に自身を重ね、子規に対する我が句の非力を述懐する。だが、同時に秋風に鞭うたれる度に雄々しく立ち向かう心根《こころね》もしっかりと忍ばせた。

句座終えて小宴となり、日暮れて散会した。露月にとってずしんと心に残る子規忌となった。

この日の催しは子規忌としてわざわざ参集を呼び掛けたものでなかった。一月に「三峨」を発刊して以降、毎月一回玉龍寺にて地元の青年たちと同好相和して句作を続け、たまたま九月の分を子規の命日に合わせて催したのだ。

石井山彦（二十三歳）、石井蕾児（二十五歳）の成長が露月の背を押していた。来春は米女鬼吟社結成（大正六年一月）も決まっている。

荒木房治と語らい、河辺・由利・仙北など近隣の青年たちで「渋柿会」回覧句会を始めたのが明治三十五年。歳月は無駄に流れていなかった。

提灯に稲葉の露よ家に入る　　露月

往診時の一句にも露月のこころの充実感が溢れ、こぼれた。

第十章　野菊白く

第一節　犬養毅

大正六年の冬は一転して大雪となった。露月の里では毎朝の雪踏みや除雪、雪下ろしが人々の大事な日常となった。露月の内側には何かしら音を立てて燃えるような激しい塊があった。

吹雪ぬくや我が肺腸のもゆる音　　露月

新年早々に待望の米女鬼吟社を結成したが、激しいマグマは、さらに広く外に向かって放出していた。露月の生涯にかつてない異質のものであった。

二月初旬、露月は議会議事録の官報に木堂・犬養毅の記事を見つけた。第十三回総選挙が近づいていた。

犬養毅の動きに露月は以前から強い関心を抱いていた。二月十八日、その犬養から書状が届いた。果たして木公こと中村千代松応援の件であった。まもなく秋田市入りした犬養は、木公を同党の公認候補と正式に決定した。木公は前回（大正四年三月）の総選挙で当選した国民党所属の代議士であった。

実はその折、犬養は露月に対して、県議選に立候補するよう要請したのであったが、露月は固辞し、実現に至らなかった。今回は木公支援への行動を強く促していた。

秋田選挙区は全国的にも注目される激戦区であった。

新党の結成を図っていた桂太郎は大正二年十月に病没していたが、桂新党の立憲同志会に国民党所属の町田忠治・添田飛雄太郎《そえだひゅうたろう》・齊藤宇一郎らが走り、犬養らの憲政擁護運動に対抗すべく、激しい選挙戦を展開していた。

露月の地元には他候補者や運動員が入り、木公と激しい票の奪い合いをしていた。露月がその勝敗のカギを握っているとみられていた。

露月は千代松のための応援依頼状を書いた。千代松が到着してからは、自宅に有権者十余人を集め、票の取りまとめを依頼した。さらに木公に同道して、戸賀沢村の有権者各戸を回り、続いて種沢村潜龍寺《せんりゅうじ》にて、さらに雨を冒《おか》して相川村に向かい、個人宅での演説会に同伴した。

演説会にはたくさん集まり、候補者への反応も上々で露月を喜ばせた。露月の世話ぶりは、候補者の昼食や休憩場所の確保、政策チラシの配布、運動員へ手紙を書いて配るなど、それも往診の合間を縫っての行動であった。日記に「例の脳充血様《さま》違和覚ゆ」と書くなど、身体に異常を自覚していたが、露月は全力で支援した。

四月二十二日深夜、露月に選挙結果の電報が届いた。意外にも中村木公の落選の報であった。池田、斉藤、町田、添田らは当選し、千代松は最下位当選の添田とわずか十六票の僅差であった。

露月の落胆は大きかった。妻コトも声を掛けるのをためらわれるほどの落ち込みだった。各集落での手応えは過半数を超える勢いで、露月には自信があった。

外からは無口に見える露月だが、こうした感情の落差の激しさは、しばしばコトを慌てさせた。露月は時にシャイな一面を覗かせた。そうした落ち込みも日々の往診が露月を慰めているようだった。

提灯にからぴたり春の泥一片　　露月

第二節　章子断章

大正七（一九一八）年、北涯の母ノブが七十八歳で病死した。八郎湖を渡る風が冷たく、解けかかった雪がザラザラと凍てつくような三月初めの朝であった。北涯は、家族への愛情も深く、母への思いやりも厚かった。病臥中の母の病状を見守り、母の好物の菓子などを土産《みやげ》に母の病床を見舞っていた。が、その甲斐も無かったのだ。翌日、北涯から届いた露月宛ての手紙に、

来る十日邸内老樹の下に埋葬可致候。

とあった。露月は弔句を送った。

大樹の下《もと》児孫《じそん》額《ぬか》づくや蕗の薹　　露月

花も散り終え、若葉の萌える五月上旬、今度は能代の宿舎で北涯本人が病気になった。胸膜炎に肺炎の合併症で重病であった。五工によれば北涯は暗に露月の診察を求

めていた。かねてから北涯は、

「自分の危篤のときは露月でなければ」

と頼んでいたのだ。

だが、露月はこのとき三女章子《あやこ》の病気のため不眠の看護をしていて、北涯の病床に駆けつけることができなかった。

五月十三日付で、再び五工から手紙がきた。そこには、
今朝北涯を見舞いしに小康の体なり、急を要することは云ふに非ず、先生の御都合つき次第お出でを待つ。出廬の日定まらばご一報を乞ふ。

とあった。露月は北涯に病気見舞いの一句を送った。

脈々の霊気相知《れいきあいし》る樹々若葉　　露月
この一句に、北涯はことのほか喜んだ。

しかし、その翌々日になると、病気は急変して危篤状態となった。久米岡に一旦帰

宅していた妻のサメが末娘のチホを抱いて病室に入ったときには、北涯の意識は朦朧としていた。チホが可愛い声で、

「オトサン、オトサン」

そう呼んでも返事が無かった。まもなく北涯は、仏の御手に導かれるようにこの世を去った。大正七年五月十五日、享年五十三歳であった。

北涯の葬儀は、久米岡の自宅にて行われた。北涯の遺骸は、亡き母ノブや二男龍介の眠る欅《けやき》の大樹の下に埋葬された。

北涯の死去直後、露月に電報が届いた。しかし、露月は章子の重体で動きが取れなかった。翌十六日には、その娘も手当の甲斐なく死亡した。二歳に満たないはかなさであった。

さみだるる中やあまりに小さき塚　露月

思えば章子は生まれながら虚弱であった。しかも妻コトの乳の出が悪く、本家や近所から乳を貰ったが、下痢や発熱に悩まされた。一歳を過ぎても、下痢が癒えず、重湯《おもゆ》も進まなかった。章子の病状に一喜一憂する露月は、その都度句帳に一句を誌し

た。

女児病む

秋雨に撲《う》たるる草の項《うなじ》かな　　露月

女児病癒ゆ

新涼に生まれかはりし目鼻哉　　露月

女児病む

あれを見よや汝に飛来る赤蜻蛉　　露月

その往診の帰り道、はるか遠くの吾家の方角から子の泣き声が聞こえてきた。

吾家の子が泣く聲や天の川　　露月

澄んだ夜空に幽遠の天の川が架かっていた。天の川を見上げる露月の目に命を湛える星座がまぶしく映じていた。

六月二十三日、北涯追悼の俳句大会があった。その前日、露月は蒓江と鵜川村北涯の墓所を訪ねた。仏壇の香煙の間から北涯の遺影が、

――よく来たなァ、うむ、よく来た。

生前の口吻《こうふん》そのままに声を掛けてきそうだった。北涯逝って三十幾日。墓標の辺りには虎杖《いたどり》が尺余《しゃくよ》に伸びている。露月は思わず、

「北涯！」

と呼び掛けて黙禱した。欅の大樹の葉が風に吹かれて習々と鳴っていた。

墓の前に我が立つ葭切《よしきり》も啼かず　露月

虫の声が細い。

秋になって秋田中学に異変が生じていた。校長排斥のストライキが起こったのだ。四年乙組副級長であった長男・菊夫がリーダーの一人だった。菊夫はストライキ委員として宣言書を草し、放校の危機に直面していた。

十月初めに起こったストライキは、安岡校長の体育の部活に対する無理解から端を発したものであった。

秋田中学は創立以来の自治の気風の高い学校で、大正期に入り一層顕著になっていた。行事や大会は同窓会の評議委員会と運動部の学生理事で運営されていた。

学生たちの結束固く、整然としたストライキは成功であった。一方で、職員会議では菊夫と川添村鹿野戸《かのと》出身の東海林某が放校処分、残り二十人ばかりが諭旨《ゆし》退学の処分と内定されていた。

しかし、同窓会の評議委員と校友会理事及び教職員の結束で、菊夫も東海林も処分無しとなった。

露月は、事件の一端を秋田新聞の俳人・五十嵐灯子《ていし》の書簡で知ることになった。次のような内容が書かれていた。

ストライキを訴へる菊夫さんが草した宣言書は、正に正々堂々たるものでした。新聞記者である私の如きが、殆ど顔色を失ひ、ある嫉しさをもつて読んだくらいです。結果、いささか日和見をしてゐた五年生も含め、完全に全校のストライキになつて終はつたのです。その先頭に菊夫さんがいたことに嬉しく思ひます。

とある。
露月は灯子からの書簡を置き、静かに目を閉じた。満天の星空であった。

星高し夜長の露の降りまさる　露月

第三節　此山を出でじ

春はやも山の黛《まゆずみ》濃き日哉　露月

大正八（一九一九）年は米価の鰻上りの中で年を開けた。前の年の八月三日、富山の西水橋町で発生した「女房一揆」は、たちまち全国に広がる米騒動となった。米価の値上がりは凄まじかった。一石二十三円七十八銭だったものが、露月の里でも八年には四十五円九十九銭となっていた。それは大正四年の三倍であった。米価の値上がりの原因はいくつか考えられた。が、真の原因は大米穀商人による米の買い占めであった。

米価高騰は農村に別の顔を見せていた。米価の値上がりは農家の懐を温め、農村は大きな恩恵を受けていた。東北の米どころでは活発な無尽が行われていた。石井医院への来院も空前の多さで、往診依頼もひっきりなしだった。ほんの一時期ではあったが、農村が潤ったのは間違いないことだった。

同じ時期、スペイン風邪が大流行した。インフルエンザの第一波は第一次世界大戦中、アメリカからヨーロッパ戦線へ送られた若い兵士によって持ち込まれた。流行の第二波は大正七年晩夏に、日本に上陸し猛威を振るうようになった。致死率が二十パーセントを超える強力な毒性に人々は震えた。

大正七年から八年にかけての感染者は全人口の三分の一を占める二千百十六万人を超え、死者は二十五万七千人を記録していた。秋田県ではこの年既に三千二百人の罹患者《りかんじゃ》数を数え、露月の里では急遽、種沢病舎を急ごしらえするなどの対策に追われたのだった。

スペイン風邪の流行が終息を遂げた頃、露月と荒木房治は、かつての村議会議員仲間であった戸賀沢村の加藤直吉から夫婦で招待を受けた。直吉宅は戸賀沢村の入り口、村の鎮守様（日吉神社）に隣接する大きな萱ぶきの佇まいだった。

「よく来てけだス」

直吉は、日焼けの笑顔いっぱいで出迎えた。篤農家でもあった直吉は、村議は一期で辞し農林業に専心していた。細君のテツは大柄な背筋のピーンと伸びた女性だった。自慢の山菜料理が食卓に溢れている。夫たち三人は直吉自慢の濁酒でまず乾杯した。居間の柱に「分村独立」と墨朱で認められた古い木片がかかっている。

「木片は中川村分村の記念のものですよ」

という直吉の説明に、

「やはり……」

と露月は納得した。

「明るい希望に満ちた独立の喜びが伝えられておるんす。当時の人々はそのまま村治の理想へ燃えたんですね」

そういう直吉の髭に白いものが目立っている。耳を傾けていた荒木は急に改まった表情になった。そして、

「先達に敬意を込めて記念の揮毫をいかがですか」

と露月に一筆を促した。直ちに直吉の細君が筆と硯箱を用意した。それを手元に寄

せた露月は、しばし間をおいて一気に揮毫した。

此山を出でじと花に又思ふ　　露月

相変わらず雄渾《ゆうこん》な筆運びである。直吉は唸った。荒木はじっと見ている。その荒木は「又思ふ」の下五が強く突き刺さったのか、「フー」と深く息を吸い込んだ。

――子規と別れ、帰郷して医業に転じたが、それで良かったのか。花は、こよなく愛した故郷の自然を象徴する。自然あってこそ露月句だ。単純な情景にとどまらない奥深さ、そこに詠嘆の広がりがある。

と荒木は深く感動している。その時、思いがけず露月から筆が荒木に手渡された。

一同は驚いた。荒木も驚いた。

「ワシは字がまずくて」

荒木は固辞する。

「由緒ある部屋での記念だ。ワシらの仕事も先達がおればこそでないか」

露月は荒木の揮毫を強く促した。露月に背を押されて、鷺郷も一句を認めた。

争へば我は若葉に隠れ見つ　　鷺郷

直吉は「なるほど」と合点した。荒木の筆は露月のように雄渾とは言えなかったが、若葉（青年）に未来を託す、賢さ、謙虚さが滲み出ている。

——いかにも荒木先生らしい。

直吉はそう感じた。

「ウーン　我が家の家宝にするべ」

馬耕と農林業で日焼けした直吉の表情に、満たされた思いが溢れていた。

藪中《やぶなか》に奔馬《ほんば》を避くる夏野哉　　露月

蛙の声が、名残を惜しむ夏の宵であった。

第十一章　叫ぶものに

第一節　雨の落花

小提灯《こちょうちん》消さじと稲の露の中　　露月

大正十年九月十六日、往診中の露月に「荒木氏容態急変」の知らせが届いた。露月は急遽往診を取りやめて引き返した。新波の千種医師も駆け付けていた。荒木は人事《じんじ》不省《ふせい》で昏睡状態だった。脳卒中の症状だった。注射二本を打ったが、荒木はまもなく息を引き取った。

露月はしばらく荒木の傍を離れられなかった。荒木と手を携えた歳月が走馬灯のように蘇る。露月の農村復興と青年教育にかけた二十数年の歳月は荒木なしには考えられなかった。

露月の帰宅は午前二時を回っていた。床に入っても、露月はしばらく寝付けなかった。それにしても二人の境遇はよく似ていた。戊辰戦争で家運が傾いたこと、幼くして父を失い、祖父から論語の素読《そどく》、発句の手ほどきを受けたことまでよく似ていた。

荒木の葬儀は村葬・学葬として、九月十八日玉龍寺にて執り行われた。参列の児童・職員百十七人、青年団百三十五人、女米木集落二百人、相川、左手子、戸賀沢の集落や他村からの参列者、親戚・遺族と空前の弔問の列であった。

荒木の三人の小さい子どもたちの姿が人目を引いた。長男で七歳の兎紀夫《ときお》が喪主だったが、毅然として葬列の中にあった。兎紀夫は夭折《ようせつ》した露月の三男高見《たかみ》と同じ大正四年生まれということもあり、露月家では吾子同様に可愛がっていた。

荒木房治への告別の辞は露月が述べた。一歳違いの二人は互いに垣根のない間柄だったが、

——どちらかといえば遠慮勝ちの荒木の人柄に支えられた。

と露月は思う。

葬儀を終えて「斎《とき》」に移ったが、御膳には百人余。これも盛儀であった。十九日、荒木の灰寄せ（火葬）があった。露月は一文を「懸葵」に草し一句を投じた。露月は白骨の「白さ」に朋友を失った悲しみを込めた。

荒木氏の白骨を拾ふ
白骨の白さ瀁《ただよ》ふ露の中　露月

十月六日、荒木の仏送があった。荒木の菩提寺は亀田太平寺であったが、荒木の白骨は玉龍寺に一時預けられた。ヒサや遺族の願いであったが、玉龍寺の大全《たいぜん》和尚や村人が強くそのことを願った

「荒木校長は女米木のお人ジャ」

枯れたような長身の和尚は、そう言いながら自ら草した位牌を本堂に安置した。

「ほう　これが一番ジャ」

何年後かに二人の遺影は見つめ合うように本堂に安置され、今に至っている。

清貧に甘んじた荒木。村人たちは遺族のために秋田市の旧中亀の丁（旧感恩講《かんのんこう》跡）に住まいを建てた。それは八畳三間、六畳の居間付きのしっかりした普請だった。同所は市内に出た女米木の人たちの寄り合い場所となり、荒木は長く村人の中で語られた。

大正十一年の正月は近来にない大雪であった。

一月十五日、午後四時半頃。露月は門前の雪の上に立って、無心に辺りを眺めていた。診察終了後のひととき、それはいつもの日々であり、安堵の風景だった。

道路向かいの石井山彦宅では夕餉の準備が始まっていた。隣接する露月門下の高橋暁鶏《ぎょうけい》宅では馬の飼い場あたりを整える主の声がしていた。

そこへ電報配達の少年が来て一通の電報を渡した。少年は白川集落の子だった。

「何だろう。誰か。菊夫か」

まず仙台の菊夫のことが閃《ひらめ》いた。仙台の東北二高に進学した菊夫は結核を発症していた。

――発熱治まらずか。カネオクレか。

菊夫のことだけが気になる露月。差出人の名前を見ずに封を切った。

「ツハ　ビョウキ　スグコイ」

差出人は「高瀬」。高瀬の細君はコトの妹で、その隣家に長女ツハが下宿していた。意外な電報である。だが、露月に驚く様子は見えない。秋田市の女子技芸学校三年生のツハは卒業前の最後の冬休みの帰省で、一週間前に出市《しゅっし》したばかりである。娘の普段の健康状態を信頼していた夫婦に慌てた様子はない。そして翌朝、出市の準備を始めた。翌日、偶然にも露月には裁判所の証人として出頭すべき用事があった。

とりあえず、まっすぐ保戸野に直行した。着いたのは十時頃であった。ツハは隣家の下宿先から高瀬宅に引き移り、布団に寄りかかって高瀬家の看護を受けていた。

露月はまず発病以来の経過を叔母のナヲ（露月妻の妹で六女）から聞いた。ナヲの話によると、ツハは十三日午後、悪寒などを訴えて学校を早退した。その夜、全身に疾痛を発して苦悩に堪えず、深夜に下宿先の主婦の寝室に膝行《しっこう》して救いを求めた程だったという。

露月はツハを仔細に診察した。ツハの皮膚病の様子は殊に滲出性紅斑《しんしゅつせいこうはん》の多発さの点ではこれまで見たことがなかった。顔面、体幹、手足などに広がる全身の発疹は麻疹《はしか》に似ていたが、麻疹の最大の特徴である口腔粘膜《こうくうねんまく》（臼歯《きゅうし》の横付近）に白い粘膜疹（コプリック斑）が見られなかった。

ただ、憾《うら》むらくは、初診の医師がピンセットで水疱を撮《つま》み破ったために、所どころに大きな皮膚の欠損《けっそん》を見ることであった。これは露月の治療方針と全く違っていた。しかしこれだけなら、予後には憂慮すべきものではないと露月は診断した。そのうちにナヲの夫・武が帰宅した。商社勤務の寡黙な武であるが、

「酷《ひど》い吹雪だし、四、五日もここで治療を試み、模様によってはどこかへ入院させたらどうだべ」

と角ばった顔で言う。だが、ツハはどうしても家に帰りたいという。露月は少し思案した風だった。そして言った。

「この病気の療法は決まっている。自分の手に余るような難病でもないから、むしろ女米木に帰った方が看護上の都合も良い」

だが、結果として露月はツハのその後の急変を見落とすことになる。

一度止んだ雪がまた降り出していた。八百蔵が女米木から駆け付けてくれた。妻コトからの必死の頼みとみえる。八百蔵のきりりと引き締まった顔立ち。無口だが、頼りになる甥だ。露月家にとって兄妹同様の八百蔵の出迎えに、ツハの表情に幾分、安堵感が見える。雪車《そり》三台の準備はトヨの夫・武と露月で昨晩のうちに相談したことであった。

腫れものにでも触るように、露月はツハを雪車に乗せた。

「ツハ、大丈夫か」

と声を掛けてみる。ツハは苦しさにじっと耐えているようだが、案外元気そうだ。

露月は途中から雪車を降りて一足先に椿川に着いた。自宅から自家用の雪車を持って人足が迎えに来る手筈であった。だが、それらしい姿は見えない。

「どうしたんだべ」

と露月が訊ねると、正義感あふれる千嶽は、

「あまり天気が悪いから、今日は舟止めだといって人足たちが帰ってしまった」

と憤懣やるせない表情で言う。その場の雰囲気は秋田市から来た車夫たちに伝わった。

「この大雪じゃ、夜間の雄物川の渡しは無理だすヨ」

との車夫の声に、一同万事休すの按配《あんばい》である。

その時、横座にどっしりと構えた千嶽の父親・重蔵が重い口を開いた。

「夜間の流氷をかわせるのは、妙法の弥太郎爺だナ」

そう言うと、顔見知りの車夫に声を掛けた。

「そ、そいで、俺も引っ張るから。頼む！」

八百蔵は一人の若者に必死に頼み込んでいる。間もなく、その弥太郎爺が姿を現した。

「渡し止めの大川は何度か今までやったことはあるが……やってみるしべ」

と準備を始めた。冬の雄物川の夜間の渡船は危険である。しばしば渡し止めになったからだ。さらに渡しは日が暮れないうちが勝負なのだ。

――うっ、これは大変なことになる！

露月は独りごちた。水沢の渡し場に着くと、弥太郎爺は、

「ホーイ、ホーイ」

と闇を切り裂くような声を上げて、対岸の渡守を呼んだ。

「大変だ。どうするべ」

車夫たちは湧き上がる不安な気持ちを押さえられないのか、顔を見合わせる。するとどうだろう。向岸を離れた渡守が川中へと漕ぎ出して、こっちへ向かってくる気配だ。

船が着岸すると、露月は渡守が顔見知りであることに気付いた。戸賀沢集落の船大工・石井弥治《やすじ》だった。

「うん！　腕利きの船大工なら川を読める」

露月はほっとした。弥治は頰被《ほおかぶ》りのまま、

「露月先生、しばらくであんす。あの折は助けていただきあんした」

村に伝染病が流行り出した頃、露月は弥治の幼児を泊まり込んで治療したことがあった。だが、それは十数年前のことであった。露月の胸に熱いものが込み上げてきた。

弥治船頭は一行を乗せて川中に漕ぎ出した。流氷は水面を覆わんばかりに間断なく流れる。

「ホイッタ」「ソーレ」

弥治と弥太郎爺の叱咤《しった》交換する真剣な声が闇を裂く。そして船は無事に着岸した。一同に安堵の色が浮かんだ。

「もう大丈夫だ。家に帰ったも同じだ」

露月はツハの雪を払いのけ、提灯をかざして顔色を窺う。提灯に降り込む雪で、蠟燭《ろうそく》がジュウジュウ音を立てて瞬きをしている。

女米木集落に近い相川集落に入った時だった。ツハが露月を呼ぶので、雪車に近づいた。ツハはただ、

「苦しい」

との一語を発した。ツハの顔に併発性、突発性の症状が現れている。露月に電撃が走った。露月は医師として、病人の病状の経過、予後についても十分に考慮していたはずだった。

「足がしびれる」

「手が痛い」

というのであれば驚きはしなかった。ただ「苦しい」という訴えと、併発性、突発性の症状は、この疾患に何らかの憂慮《ゆうりょ》する事態を示していた。

家から四、五町のところに来て、ツハの叔父に当たる、露月の長兄・与八が出迎え

てくれた。雪靴に農作業で鍛えた骨太の素足丸だしのままである。漸くにして我が家に着くと、ツハは玄関から真っ直ぐ母親が整えておいてくれた暖かい蒲団に横たわった。時刻は十一時だった。露月の食事が終わったのは、午前一時過ぎだった。

そこへのっぴきならない往診の依頼が来た。患者は臨産婦だった。その家からは何度も呼びに来たのだという。程近い所だが、心身共に頗る疲労の露月には耐えがたい往診だった。前夜同様、露月はその夜も一睡もせずに過ごした。

二十二日は早朝二時より苦悶《くもん》が始まり、心臓衰弱の兆候が現れた。露月は隣村新波村で医院を開業する医師・千種《ちくさ》頼三に応援を依頼した。

千種は真っ黒な痩せた顔に、精悍《せいかん》な髭を蓄えて、看護婦を伴ってやってきた。皮膚科を得意とする千種医師は愛知県生まれ、大正寺村当局の要請で、当時、最も賑わう由利の玄関口・新波新町に開業していた。

露月は千種に病人のこれまでの治療経過を説明した。顔面、体幹、手足などに広がる全身の発疹は麻疹と似ていたが、麻疹の特徴である口腔粘膜に白い粘膜疹が見られないことから、麻疹でないと思うと述べた。千種はツハを仔細に診察した結果、

「確かに麻疹には臼歯《きゅうし》横付近に白いコプリック斑が見られるものだが、それがない」

と露月に同意した。しかし、皮膚に広がる滲出性紅斑の多発には驚いた様子で、

「今まで診たことねしナ」

と首をひねった。その夜は、回復の兆しが見られた。露月はその日も終夜看護した。翌二十三日、ツハの症状は小康となり、危険域を脱したかに思われた。だが、二十四日夜、苦悶が始まり、諸症険悪《しょしょうけんあく》となった。露月は再び千種医師を要請した。二十五日、ツハは朝食時より昏睡、絶望状態に陥った。午前十一時になってやや回復、意識明瞭、言語を発し、苦痛を訴えたので、逆に露月は一縷《いちる》の希望を抱いた。母親に「学校へ欠席届を出すように」と再三頼んでいる。特待生で首席のツハは、卒業式に優等賞が期待されていた。

露月は枕元で、

「学校のことは心配いらないよ。たとえ病気で欠席しても、今までの頑張りでツハは立派な成績で卒業できるからな」

そう励ました。

実は秋田技芸学校の吉田秀方《ひでかた》教頭から露月宛に手紙が届いていた。そこには、
悧巧《りこう》で温和で且つ人のいふ事をよく聞きわけ常識豊かなお子さんです。これはけっして世俗の誉め方ではないのです。卒業の成績は疑いなく、最優良と思ひます。

と書かれていた。吉田秀方は竹筍《ちくじゅん》の号を持つ、和風派の俳人で、後に校長を務めた。露月は教頭先生からの手紙のことも話した。ツハは、

「うん、うん」

とかすかに頷いた。この頷きに露月は思わず眼から涙がこぼれそうになった。

午後六時半、ツハの父親を呼ぶ声に、隣室で夕食をとっていた露月と千種が枕元に走った。

「早く足を見てくれ」

と言う。足の知覚消失が始まっているのだった。

露月はツハを慰めながら下肢《かし》を揉んでいたが、突然、コトがツハの名を甲高《かんだか》く呼び立てた。見ると、ツハの瞼は開き、顔面筋の一部が収斂し、弛緩していた。まもなく心臓が止まった。露月の懸命の心臓マッサージも及ばなかった。

ツハの遺骸にすがる家族の悲しみは、駆け付けた人々の涙を誘った。とりわけ露月の号泣は、医師仲間千種を驚かせた。間もなく、千種と看護婦は露月一家に悼みの言葉を残し、新波に帰っていった。帰り際、玄関先で千種は、

「出性紅斑多発の皮膚病は、満州やモンゴルで多いと聞く。ツハさんはその皮膚病だ

べが」

と何度も繰り返した。

ツハの病名は今日では「重症多形滲出性紅斑《しんしゅつせいこうはん》」とされる。年間人口百万人当たり一人から十人程度が発症する難病指定の皮膚病である。しかし、露月も千種もそのことまでは解らなかった。

ツハ墓地を相す

花鳥や白骨うめん此のところ　露月

白骨を埋むるに雨の落花哉　露月

二月六日夜、大阪の亀田小たからの書簡であった。島田五工、大谷句仏などの相次ぐ俳友たちの励ましに、露月は長く忘れかけていたものを取り戻したような気持ちになった。それはいかにも不思議な感情だった。ツハを失った深い悲しみの底に、露月は文学への渇望を意識していた。

手紙を読む夫・露月の両眼に漲《みなぎ》る光をコトは不思議なものを見るように見ていた。コトにはその光が眩しかった。

第二節　魚跳ねる

露月の苦悩は続いていた。仙台にて病床に臥していた菊夫のことだった。菊夫が、迎えの石井八百蔵と一緒に郷里へ向かったのは大正十一年二月七日である。仙台二高の恩師からは休学願についてのアドバイスもあり、菊夫はいくらか落ち着いた気持ちになっていた。

二人が奥羽線刈和野駅に着いたのが夕方。駅舎の旅籠屋に一泊後、家に着いた菊夫は真っ直ぐ仏壇に向かった。先月二十五日に亡くなった妹ツハの霊代に焼香するためである。新しい仏は二七日《ふたなぬか》と経ていない。

「ツハ　キトク　カヘルニオヨバズ」

と、父の露月から電報があったのは一月二十五日の昼近くで、翌朝には、

「ナクナッタ　ソレニツケテモ　シッカリセヨ」

との知らせが菊夫に届いたのだ。

菊夫は居ても立ってもいられなかった。ただ一人の妹に末期《まつご》の水も与えられず、優

しい言葉も掛けられず、逝ったのだ。七人の我が家の一人が欠けてしまったこと、父と母のことを思うと、菊夫の煩悶は激しく、合掌した手も震えていた。

間もなく露月が往診から帰ってきた。結氷のため渡船が閉ざされていた種沢と戸賀沢間の渡しが開き、ようやく帰宅できたのだ。すぐさま菊夫の診察をした。露月は、

「胸部に変化なし」

と、ぽつり言って体重を計った。

「十貫三百五十匁（四十キロ足らず）だな。いくらか体重が増えてるぞ」

露月はわざと大きな声を出した。

隣の寝室からは、母親と五歳の七子の声が聞こえてくる。七子は母とでなければ寝ないと言ってむずがっている。絶え入るばかりの母のあやす声。ツハの死、我が病気、胃病でいまにも転がらんばかりに呻き苦しんでいる母、育児の苦しみ……。菊夫が初めて気付く「現実」が、そこにあった。

春が巡ってきた。ツハを失った露月の元に、多くの知友俳友から次々と慰めの書簡が届いた。

虚子からは悼みの便りが遅れたことを詫びる内容だった。

玉椿咲いて落ちたる悲しさよ　虚子

虚子も三歳の子を失っていて、一句にその思いが籠められていた。書簡の末尾に次のようにある。

女米木山の麓にこもって三十年になりますね。東京を顧りミぬのも一見識なり。一生出ぬも一見識なり。或いはソンナ見識あってのことに非ず唯出ぬ迄の事なり。機会があったら或は出てみるべしとの事かもしれず。大分変つた東京を見るのも亦一興ならずや。鳴雪翁健全の間に一度出て来ては如何。

頑なまでに籠居《ろうきょ》する露月に、虚子は「鳴雪翁健全の間に」とそれとなく揉みほぐしている。虚子の心配りが露月にジーンと伝わってきた。

そんな五月三日、ツハ百カ日には一日早かったが、露月は雨の中新墓地に新仏を埋葬した。

はや埋もれゆく骨壺や春の雨　露月

ツハ百カ日法要も済んで、露月は一区切りを迎えた。そんな折、貝塚静薫から「牡丹の花の咲く頃、張切網《はっきりあみ》見物は如何」との誘いがあった。ぼたんの花盛りとはボラ魚の最盛期の意味だ。露月は船越に向かった。

文晁居《ぶんちょうきょ》の主人と知りて行々子《ぎょうぎょうし》　露月

八郎湖は一面の葭生地《かせいち》に草が繁茂し、渡ってきた行々子《ぎょうぎょうし》(よしきり)があちこちで盛んに鳴いていた。葦の間に営巣し、雛を育てているのだ。口先を水面に出して無数の細魚《さより》が魞中《えりなか》に泳いでいる。

「ヨタカ、フクロウ、ブッポウソウ、クイナ(水鶏)などは暗闇で鳴くのが普通だが、行々子ばかりは好んで月明に鳴くから不思議な野鳥デスナ」

静薫は馴れた手つきで櫂《かい》を操りながら話す。

漁場小屋では漁夫たちが待っていた。一行は静薫からの張切網の説明を受けながら張切網見物を楽しんだ。

張切網は大型の定置網漁である。渦巻き型に網を仕掛けて、魚を追い込むという古い漁法で、水中の鈎の部分に鯔《ぼら》が入るのが張切網漁獲の仕掛けらしかった。幾百尾となく銀鱗を躍らすさまは壮観だった。

船越張切網見物行

湖の魚飛ぶを心に風光る　　露月

その夜、五人の客は文晁居の静薫宅に泊まった。獲りたての魚で調理される刺身が露月の大好物だった。

「静薫、これ、これ！」

露月は空になった皿を箸で叩いて何度も催促した。美酒を酌み交わし、飲むほどに酔うほどに話は弾んだ。

悲しみに打ちひしがれていた露月には、命の洗濯ともいえるひとときとなった。八郎湖を渡る風が、露月にはこよなく清らかに感じられるのだった。

第三節　雲の道

枯れ〳〵し藪や茨の実生きてあり　露月

大正十二年は大風雪の中で、新年を迎えた。雄物川沿岸地域で「ザイ」と呼ばれる「流氷」のため船場が閉鎖され、郵便物も不通となった。石巻の清水付近が対岸の左手子まで氷が張りつめるのは珍しいことではなかったが、この年の雄物川は豊岩の小山まで氷結して驚かせた。

元日の朝、露月は雄物川上手の渡しを越えて、通称白川袋（対岸の左手子集落）の重患の往診をした。白川の地名と対岸の白川袋が雄物川を隔てている。

その日、露月は帰路が流氷で遮られ、下手の渡しを越えてさらに別の重患に往診しようとしたが、それは果たせず、風雪の中を空しく帰ったのだった。

翌二日、露月に下手越しの重患宅より屈強の男五、六人が迎えに来た。露月を雪車《そり》に乗せていくという。船場に着くと、案の定、流氷が水面を覆っている。わずかな切れ目の氷塊の間を、露月の表現を借りると、

「老船頭の暗唖叱咤《いんあしった》（どなり声）も風雪に吹き千切《ちぎ》られ咄々《とつとつ》として空中に飛ぶ」のありさまだった。

長女ツハの一周忌も迫り、自宅には絶望的な長男の病床があった。そんな往診途次、露月は猛吹雪に「いのち」の叫びを聞いたのである。

叫ぶものに皆いのちある吹雪かな　露月

この一句で、露月は己の俳風の確かな核を意識した。

相変わらず、絶間なく吹雪いている、一日中荒れ狂って村の中の往来もままならない。夜になっても収まりそうもない。吹雪とザイ（流氷）で渡船が止まり、薬取も郵便も来ない。雪雲はかぶさるような重量感で覆ってくる。

しかし、と露月は思う。医師としては厳しい自然の中に飛び込んでゆかねばならない。ほとんど枯れてしまった藪や茨の実にも脈打つ「いのち」が漲《みなぎ》っているではないか。露月のこの一句はこうして生まれた。

まもなく露月に一つの決意が浮かぶ。「俳星」に負けない新たな俳誌を創刊する事であった。昨年夏ごろから、船山黙雷《もくらい》、地主千嶽、加藤凡化、加藤蒓江らと山彦（八百蔵）宅に集い準備を進めていた。誌名は、「回覧五句集に使っている『雲蹤《うんしょう》』が良《え》ぐねガ」というのが蒓江の発案だった。それは露月の次の旧詩（明治四十一年）の一節だった。

独座思朋友　（独座して朋友を思う）
君家隔数年　（君の家隔つこと数年）
峯頭来往路　（峯頭《ほうとう》に來往《らいじゅう》の路《みち》）
一片有雲蹤　（一片の雲蹤《うんしょう》有り）

「雲蹤は雲の道という意味だ。奥羽調を標榜し、自然を詠嘆調に詠み上げる我等の俳誌にふさわしいと思う」

と黙雷は蒓江案に賛同した。露月も気に入った誌名だった。

「雲蹤」は大正十二年一月六日に刊行された。四十六ページの創刊号の表紙は舘岡秋霽《しゅうさい》のイカの絵で飾られた。

発行人は秋田市馬口労町《ばくろうまち》で質屋を営む村山栄治（凱風《がいふう》）、編集人は仙北郡淀川村の加藤与吉郎（凡化）という陣容だった。露月より三十歳下の若き凱風の抜擢は、周囲を驚かせた。老舗《しにせ》質屋の商才の冴え、商家育ちの几帳面さが買われた。露月の喜びは深く、創刊号の消息欄に次の句を添えた。

筆硯《ひっけん》を凍てさせじとする冬籠　　露月

「筆硯」は「ふで」と「すずり」。転じて文章を書き親しむ意であるが、旺盛な文筆活動への決意を忍ばせた一句である。

二月、露月は十五年余その任にあった女米木青年団長を辞した。

青年団長退隠
皆鳴くに鳴かぬ蛙の慵《ものう》さよ　　露月

慵さは「気が重い」の意である。晴れ晴れとした退任でない。青年団活動への国家統制が強まり、自主的な運営が難しくなっていた。一方で時代を先取りする青年たちに露月は追い付いていけないものを感じていた。

ツハの死に長男の重床が重なる家庭的な理由もあった。が、何よりも新たな俳誌「雲蹤」を中心に俳句への没頭が求められていた。

「雲蹤」の期間は、投句数や全国的広がりも含めて、露月俳風が大きく飛躍する期間となった。何よりも「雲蹤」そのものが大評判であった。創刊号、二号が十日で売れ切れとなった。反響の大きさは露月一門に自信をもたらした。尚、島田五空も「雲蹤」四月号（大正十三年）からそれまでの悟空、五工から五空へ俳号を変えた。

「雲蹤吟社だけで全県俳句大会を開くべ！」

との思いが露月門を包んだのは当然といえた。もちろん露月に異存はなかった。

寺町大悲寺《だいひじ》にて、雲蹤吟社主催第一回俳句大会が開催されたのは四月二九日だった。東京から庄司瓦全《がぜん》、横須賀から黙雷が遠路駆けつけ、開会の午後一時には四十六人となった。露月門勢ぞろいとなった。

……大悲寺は弘安五（一二八二）年に寺内に創建され、妙覚寺《みょうかくじ》、光明寺とともに「湊三か寺」と称された名刹《めいさつ》である。江戸期に入り、久保田城築城時に、商人町の外町に寺町が町割に関係が深くなり、佐竹の殿様の参勤交代の出発時・到着時には輿《こし》で参内《さんだい》が許されるという破格の扱いを受けていた。

しかし、明治維新で寺禄を没収された上、度重なる火災に遭い、本堂は廃《すた》れ、かつての「湊三か寺」の面影はそこになかった。にもかかわらず、露月が第一回全県俳句大会の会場に、大悲寺を選んだのには理由があった。それは住職・憲堂《けんどう》の存在であった。

露月の中に憲堂が強く意識されるようになったのは、明治三十一年四月京都の臨済《りんざい》宗妙心寺の天授院僧堂に移った折、遠山麦浪（後の合翠《がんすい》）と出会いがあったことである。憲堂は明治維新後のひどく荒れ果てていた大悲寺の諸堂を再建した。小柄だが、敏捷《びんしょう》な身体。丸い眉の温和な顔に真一文字に結ばれた口元が根性を示していた。謙虚な憲堂の立ち居振る舞いは本堂の緊張を和らげ、大悲寺前の道路は千秋公園に向かう花見客でごった返していた。そんな中での俳句大会であった。

そうこうしているうちに、菊夫の病状はどんどん悪化していた。あれほど気に懸けていた日記も全く書けなくなった。弟・元次の代筆もままならなくなった。やがて、灯が細くなり消え入るように菊夫の呼吸は止まった。五月二十八日、享年二十一であった。

筆凍て、今はた消えし面影よ　　露月

長女ツハ遺稿集「子鴉《こがらす》親鴉《おやがらす》」を露月が脱稿したのは、ツハの一周忌前の一月二十日だが、今度は長男の遺稿に手を染めなければならなかった。

このいちごの香よ色よ徒に腐りゆく　露月

菊夫の友人・妹尾鮭作《けいさく》が仙台より苺を持って位牌の前に泣いた時、露月も泣いた。それは妻コトとて同じだった。

父も母も牡丹散りしを知らざりき　露月

仏に供えるべく牡丹の花を剪《き》ろうとして庭に出た妻だったが、――いったい、いつの間に牡丹は散り果ててしまったのか。コトは泣き崩れるばかりだった。

露月の手元には日々、沢山の弔状が届いた、それを読み終えるか終えぬうちに、また死なせては、また弔状を貰って読む。そんな事を繰り返している中に、露月は段々と老いていく自分を見た。

半夜に目覚めては、ツハと菊夫を思った。不思議なほど、涙が流れて仕方がなかった。「涙、巾《きん》を霑《うるお》す」とか「涙、枕頭に落つ」という文句は、これまで漢詩文芸に見たことはある。しかし、今こそ思い知った思いだった。家人熟睡し、屋内物音もなく、枕のカバーも濡れて、片頬の冷たさを覚えた時、本当に老いたかな、と露月は思った。

第十二章　小夜しぐれ

第一節　湖の人

大正十二年八月七日、貝塚静薫が船越からやってきた。もちろん露月を慰めるためである。静薫は大正七年から露月に師事したが、以来、女米木詣《もう》では毎年のことだった。

静薫来庵

　この山をしぐれて帰る湖の人　　露月（大正八年）

静薫は父親と八郎潟湖畔で米穀薪炭《べいこくしんたん》を商っていた。そんな静薫を、露月は俳句には「湖の人」と詠み、心から歓迎した。時に露月五十一歳、明治二十六年生まれの静薫三十歳。人情の濃い誠実な師弟の交わりは終生深められた。静薫の本名が露月と同じ祐治ということもあり、その気さくな人柄によって露月との距離を急速に縮めていた。

　山廬を訪ねる俳人を歓迎して、露月はよく高尾山に連れ出し、吟行を楽しむことを日課としていた。その日も同様だった。だが五月に菊夫を亡くしたばかりで、初棚前でもあり、露月は土地の習慣に従って修験信仰の高尾山に登るのを慎み、代わりに山彦を案内に立てた。

　明治二十七年生まれの山彦は、一歳上の静薫と年齢も近く、二人は兄弟のように親しんだ。山頂を目指す静薫は多少どもりながら、

「ワシの露月先生の好きなところは、俳句と生活が表裏一体という所じゃ」

と熱っぽく語り出した。

「『露月先生は北方山村の農民と草をむしり、また吹雪くなか貧農患家を往診する郷村の指導者』と言いたいのだべ」

山彦は静薫のことばの先を取る。すると静薫はどもりながら、

「そ、そいで、山彦は露月先生の近くにいるから、先生の大きさが分からんのだ」

と急に先輩風を吹かす。こんな時、寡黙な山彦はニヤニヤ笑って鉾《ほこ》を納めるのが常だった。

脚下を物凄い速さで雲が去来する中、高尾山の横長根に二人は立った。下山道には蛍草が藍色の花を付けていた。既に秋の気配がそこにはあった。

二人が下山し、山廬に到着すると、書楼では露月がしきりに墨を擦っていた。やがて絹切れに、

大正癸亥《みずのとい》八月初八
静薫子来庵
の序《ついで》暁起《ぎょうき》登山

と、前書きを三行にしたため、

秋立つかと
雲の音聞け
山の上
　　露月山人

と四行に分けて揮毫した。そして墨も乾かぬうちに、
そう言って、絹切れを静薫に手渡した。

「静薫、どうだ」

「立秋ともなったが、あなたも山の上で耳を澄ましてごらんなさい」

というのである。

その一句は、即興でなく、露月の中で長く反芻《はんすう》されたものであることが静薫に察しられた。

——奥羽調を標榜する先生の面目躍如たる一句。

静薫はそう思った。

露月はとみると、児を失った悲しみから吹っ切れたような一点の翳《かげ》りもない表情である。遊俳人というよりは戦士の相貌であった。静薫は文学の持つ大きな力を感じた。まもなく露月は上五から「と」を取って、

秋立つか　雲の音聞け　山の上

を治定《じじょう》とした。
この日、露月の句帳に、次の一句も添えられた。

秋風にふれてこぼれぬ露もなし

秋風に翻弄される天然の姿に鎮魂をこめた一句である。露月の「露」への感性は生涯のものだった。
貝塚静薫の一家が、船越から秋田市楢山笊町《ざるまち》へ引っ越してきた。牛島駅で羽越線全線開通の祝賀ムードのあふれる大正十三年六月のことである。八郎潟湖畔で米殻薪炭

商を営む名家の秋田市への転出は、少なからず地元民を驚かせた。

静薫の文人気質《かたぎ》が災いして売掛金が焦げ付き、雑貨商を閉じざるを得なかったのが真相だった。時に静薫三十一歳、妻ヨシ二十九歳。

貝塚家は最終的に八人の子どもに恵まれた。

静薫は通称・楢山広小路（表町）に色紙短冊などを扱うささやかな趣味の店を開くべく、「文晁堂《ぶんちょうどう》」の看板も用意していた。だが、家賃が予算を越して手を出せず、取りあえず裏の楢山笊町《ざるまち》に居を定めた。

静薫一家が落ち着いた十一月のある日、露月が静薫宅に立ち寄った。安藤和風の細君の急死による弔問のついでだった。

和風邸は笊町の隣、楢山三枚橋にあった。和風の妻・あいは病床に就くようになって、その身はますますやせ衰え、幾月も経ない大正十三年十一月、和風の全身全霊の看護にもかかわらず、精魂尽きたように五十二歳で急死したのだった。その死に顔は安らかなものだった。

露月は「悼安藤和風内君」と題して二句を捧げた。

冬嶺《とうれい》を看るに忍びず秀孤松《しゅうこしょう》　　露月

筐底《きょうてい》をさぐりつくしぬ小夜しぐれ　露月

「冬嶺」の一句に露月は和風の痛々しい様を詠んだ。「秀孤松」は「孤高自ら潔し《いさぎよ》」とした和風の姿である。胸底深く秘められた和風の悲しみのありかを露月は思った。

楢山三枚橋《さんまいばし》の和風邸は内町楢山らしい余裕のある敷地に、庭の植え込みがあった。露月が弔問したとき、和風の悲嘆ぶりは見るに堪えなかった。

露月には、平坦でなかった和風の半生への共感があった。例えば和風は明治十七年十八歳の折、社外寄稿掲載が官吏侮辱罪《かんりぶじょくざい》に問われ、有罪判決を受けて四カ月の禁固に処せられていた。

一方、自由民権運動に参加した若き日、漢学、古典、歴史、文学、美術など自由の大正期を謳歌した日々もあった。十八歳の時、新潟を皮切りに北海道から九州にかけ、さらには富士登山と回った旅一筋の人生。大正十二年五月には釜山《ぷさん》から奉天《ほうてん》、旅順《りょじゅん》に至る二十四日間、六千四百キロを走破する旅をした。

けれども、大正十二年に満・鮮より帰還するやいなや脳溢血を発病し、半身不随・歩行困難となり、今や半生を回顧するだけの境涯となっている。そうした和風の栄光と挫折の半生を露月は丸ごと理解したいと思った。

第二節　樹海の果て

大正十四年八月三日早朝、蒓江、凡化、凱風の三人を伴って露月は北海道遊吟の旅に出た。「奥の細道のさらなる奥へ」と、露月が長く温めていたものだった。時に蒓江三十八歳、凡化三十二歳、凱風は弱冠二十二歳である。

その夜、青森駅より青函連絡船に乗ったが、三人は早くも酒宴に入ろうとしていた。

「よっ！　編集長！」

と蒓江は凱風の手にある一升瓶を指さした。兄貴分の蒓江は眼鏡の奥の色白の頬を赤らめながら、

「北の大地に祝杯ダ」

と、盃を上げる。

すると、浅黒い精悍《せいかん》な丸刈りの凡化が、

「先輩はまんず仙北の銘酒の方だべ」

そう言いながら蒓江の盃に地酒「秀よし」を注ぎ、次いで、
「ハハハ、凱風編集長の初陣じゃ」
と言いながら凱風の茶碗にも注いだ。銘酒は溢れんばかりの勢いで茶碗からこぼれた。

露月はといえば、すぐには酒宴には加わらず、船の窓に吸い付く雨滴を見詰めている。というのも、露月はある思いに捉われていたのである。

その雨滴の向こうに、三日前の七月三十一日、秋田女子技芸学校から招待された亡きツハ追悼会のことが浮かんでいた。

その日、学校からツハの追悼会の案内が届いた時、露月夫妻は、
「うーん、こんなことが、あるのだろうか」
と驚いた。

卒業授与式を兼ねたツハ追悼の案内だったから無理もない。

その日、学校の門前では吉田秀方教頭と代表の生徒が夫妻を温かく出迎えた。会場の講堂には卒業式と同じ紅白の幕が張られ、中央には生徒が描いたと思われるツハの肖像の遺影が掲げられていた。濃いひげを蓄えた校長は式辞の中で、

「ツハさんは秋田技芸学校の校風を愛し，学園の校訓を具現する努力家であり、死の床の中でも秋田女子技芸学校の卒業生でありたいと願っていたのです」

と全校生徒に語り掛けるように話した。そして、

「ツハさんに渡せなかった卒業証書授与を三回忌の昨年に予定していたのですが、ご長男の菊夫さんの一周忌と重なり、本日ご両親にお渡しすることになったのです」

と経緯を述べた。コトは目頭を押さえ、嗚咽をこらえていた。

ツハの母校が追悼会まで修してくれたことに、どんなに慰められ、励まされたことか。露月は函館連絡船の船の窓に吸い付く雨滴で曇った窓を拭いた。そこに年老いた貌がぼんやりと映った。

露月はふと我に返った。連絡船はもう津軽海峡のただ中だった。秋田を発つ時、大雷雨に見舞われたが、海の上でも雨はやむ気配がなかった。干天続きの中で、人はもちろん、水に浮生する草も、空からの雨はまた格別なのであろう。清《すが》しさに葉も花も喜んでいるようだった。

萍《うきくさ》の花撲《う》つ雨を喜びぬ　　露月

北の国の霧は雨を思わせる程に深かった。

四日早朝、函館駅着、露月一行は北海道の第一歩を印した。長年期していた北海道行きをようやく実行することが出来たのだ。北海道の雄大な自然に圧倒されながらも、露月はその到達した喜びと北海道の広大感を一句に込めた。

霧蒼し北門こゝに開けたり　露月

露月は菊村の「日本新聞」への第一報に、

吟興、北海道に向かって動く、必ずしも炎涼《えんりょう》の故《ゆえ》に非ず

と書いて、内なる詩心動いての旅であることを正直に告白した。

露月にとってこの旅吟には一つの目的があった。それは「日本」新聞社の赤川菊村宛に北の大地の旅情をリアルタイムで報告するということだった。この年の四月、「日本」編集部長・政治部長に就任した菊村から、

新聞「日本」の名にふさはしい俳壇を復活させたい。ついては俳壇の選者と文章をお願ひしたい。

との書簡が露月に寄せられていたのである。「日本」俳壇の復活こその菊村の宿願であり、関係者の永年の夢だった。菊村の目からは、選者としてふさわしいのは露月以外に考えられなかった。露月も菊村の宿願に応えようとしていた。

札幌へ向かう車中、霧から雨は本降りとなった。原生林とも見まがう広漠とした原野の一角に、青い野葡萄の実がたわわに実をつけている。この人家も人影も全く見えないところに来るとすれば、熊でも無ければ誰も通うものとていないのではないか。

青葡萄熊に非ずバ何通ふ　　露月

露月は一句を直ちに菊村宛に送った。

車窓からの遠景の朦朧とした無聊《ぶりょう》の中に生まれたものだった。露月は北海道入りした四日だけでも朝、昼、夕方、夜と四本を発信した。

古時の翠色《みどりいろ》と、原始の空気とを想望し、恋々の情を覚ゆ

とも書いた。

八月四日夜十時、札幌に着いた。小笠原洋々等俳人の出迎えを受け、しるべ（妻コト妹で五女トヨ）の山口忠治方に泊まった。露月は菊村への信で、

　北征の歩を進む
　　四日朝、函館

樺太に渡らんと欲して果たさず（九日・稚内）

と書き、北の大地のもっと奥にあるものを摑《つか》みたい、との決意を吐露した。

　奥蝦夷や樹海の果ての女郎花《おみなえし》　　露月

しかし、何といっても露月を慰めたのは、八月六日、小樽近くに住む三十余年前の恩師で少年露月を今日に導いてくれた平山龍蔵の遺族を訪ねたことだった。

平山の老妻は優しい笑みを絶やさず、遺児匡二郎《きょうじろう》は人懐っこい笑顔で札幌まで見送ってくれた。列車の中で露月はしみじみと遺児を見た。

「平山先生は意志の人、精悍の人でした。どんな挫折にも負けないチャレンジ精神で、小さく妥協することを激しく戒める人でした」

と語った露月。それは遺児への感謝の言葉でもあり、同席の蒓江、凡化、凱風への教示のようでもあった。「日本」新聞の菊村へは、

先生の未亡人と其家嗣《かし》（跡取り）を訪ふ。家は先生の遺蹤《いしょう》たる田園の間にあり、屋を繞《めぐ》る紅紫《べにむらさき》の草花を見つ

と発信した。

言葉を残し去る蜀葵《からあおい》の花の中　　露月

初秋の風に吹かれながら、辺り一面に紅紫の花が咲き乱れる田園。師・平山龍蔵が辛苦の果てに開拓した実りがそこにあった。

北海道吟行から帰ると、露月に再び往診の日々が戻ってきた。

枯野行く〳〵馬の蹄《ひづめ》の高鳴に　露月

枯れきった雪降り間近の野の中を黙々と往診に向かう露月。「馬の蹄の高鳴」は露月の心の鼓動の響きでもあった。

うつむきてしぐるゝまゝや馬の上　露月

初冬のしぐれの中、「うつむく馬上の人」の心は燃えんばかりである。それは北海道遊吟で獲得した俳風の高揚を噛みしめる、詩人の姿であった。

第三節　北越佐渡へ

大正十五年二月二十日、内藤鳴雪が逝去した。老い切って天命を全うし、煩悩の境界を離れた人らしい最期だった。往くべき寂静の世界へ向かった鳴雪を思い、露月は追悼句に梅の花を添えた。

老のはて寂の極ミを梅の花　　露月

鳴雪のトレードマークだった顎髭《あごひげ》、眼光鋭い眼差し。されど枯淡洒脱《こたんしゃだつ》な面影に底知れない温かみを宿していた。

鳴雪の塚に下村為山の設計による髯塔《ひげとう》が計画されていた。髯はあごひげの意である。鳴雪と為山は従兄弟の間柄であった。

――これまで鳴雪の書簡に、どんなに励まされ、救われたか。

露月は鳴雪追悼号の「雲蹤」四月号に特に力を込めた。日本派俳壇の長老と慕われ、個性派集団を繋ぎ止めた功績は、俳句に対する情熱もさることながら、ひとえにその人柄によるものだった。露月にとって心の許し合える知友がまた一人逝ってしまったのである。

百里來て交を結ぶ心太　露月

鳴雪を修した露月が、百里の交わりを求めて北越佐渡に出発したのは八月十二日である。この旅は露月の中で長く温められていたものであった。明治三十九年の象潟吟行で芭蕉と新たな契合を果たした露月は、芭蕉が佐渡に感得した深奥にあるものをつかみたいと願っていた。

夕方に自宅を出て秋田市の高瀬武宅（コト妹の六女ナヲ方）に泊まり、翌十三日、秋田駅発で越後、佐渡への吟遊に向かった。同行は蒓江、野石《やせき》で、ひと汽車遅れの静薫であった。

露月一行は十三日新潟「しるべ」の許《もと》に泊まった。しるべとは水道町一丁目に住む、露月の母親ケンの種沢の親戚筋で内務省の役人の荘司蔵人《くらうど》・フサ宅である。フサは露月の母親ケンの叔母に当たる人で、生家を預かる政次郎の姉であった。

夫君は長身で偉丈夫、一見近づきがたい威厳を備えた人であった。全国の河川の護岸工事検査などで、各地を転勤することが多く、ケンの生家・平四郎宅に宿を借りた折り、美人のフサを見染めたとの噂であった。

　フサは気さくで、外交的な人柄だった。

「相川金山や日蓮三昧堂、真野新町旅舎のコースといえば、大佐渡スカイライン・史跡めぐりの観光コースだねガ」

　とさらりと秋田弁で言う。すると蒓紅と野石は、

「芭蕉翁再発見の旅なんデスよ」

「奥の細道の真実を知りたいと考えておるんス」

　などと、やんわり切り返し、観光でないことを強調した。

　荘司蔵人は庄内生まれの下戸であったが、秋田からの珍客に銘酒「越《こし》乃寒梅」でもてなした。露月と荘司蔵人夫妻は互いに旧懐《きゅうかい》を叙《じょ》し、蒓江、野石を交えて酒盃を重ねた。夜半となって露月が詠書したのが次の一句であった。

　　三郡の水平らかに稲の花　　露月

　その一句は羽越線の車窓に広がる広大な平野の景だった。稲の花の真っ盛りで、秋の豊作を予感させていた。露月はその印象を一気に揮毫した。雄渾な筆運びだったが、

旅先とあって落款《らっかん》のないのを残念がった。明朝いよいよ佐渡へ渡るという興奮も手伝って、露月にしては珍しく饒舌《じょうぜつ》だった。

主人荘司も芭蕉の出雲崎での吟詠に関心を示した。

「『荒海や佐渡に横たふ天の川』はやはり名吟なんでしょうね」

と問い掛けた。すると露月は、

「名吟です。寂寥感が佐渡に広がる詠嘆に込められていますネ」

と語った。そこには自説を押し付けない配慮が感じられた。露月門下でも理論家を任ずる蒓江は、

「佐渡には渡らなかった芭蕉翁の出雲崎での吟詠であるところに、意味があるすナ」

と言うと、

「佐渡が担ってきた風土的、歴史的な悲しさに打たれたということだすベガ」

と若い野石も負けてはいない。さすがに老練の荘司も圧倒された風であった。フサはといえば、内容が難しく、三人の秋田弁の掛け合いを楽しんでいる風だった。

うき我にくれし林檎の小粒なる　　露月

十四日、佐渡に渡り、真野新町旅舎に一泊。思いがけなくも宿の娘が買い求めてくれた小粒の林檎。それをじっと見入る露月の眼差しがあった。次第に沈潜する露月の内に旅情が深まっているように思われた。北越佐渡の旅は露月のうちに豊かなものを残したようだった。

吟行を終えて、再び往診の日常が戻った頃、和風から還暦祝いの招待があった。

萩に行かむ芒に來よと忙しさ　　露月

「和風翁還暦」と題して詠んだ露月の一句だが、萩の頃に呼ばれたのに、芒の頃も招待されるといった風に、この頃の二人の交流は頻繁であった。和風と露月の親密の度合いは一気に高まっていた。

大正十五年の秋も深まる頃、和風から句集「旅一筋」が贈られてきた。和風の第一自選句集だった。和風の四十年にわたる俳生活の中から五百句を取りまとめ、還暦記念として上梓《じょうし》したものだった。露月は和風の句集を手に取り、丁寧にページをめくった。そこには生活派であり、人生派詩人としての和風がいた。句集に込めた精神と気魄《きはく》は「日々旅にして旅を栖《すみか》と」した芭蕉の生き方に通ずるものを露月は感じた。

雪深しこの一筋の道祖神《どうそじん》　露月

露月が上五で「雪深し」と詠んだのは、今や「旅一筋」を膝下《しっか》に半生を回顧するだけの境涯となっていた和風を思ってのことだった。

その年も押し詰まったある日、露月は再び和風邸を楢山三枚橋に訪ねた。和風は久しぶりに寛《くつろ》いだ様子で、縁側の長椅子に身体をもたせていた。再現したばかりの「俳星」に掲載されている露月の「越の穂草」（北越佐渡吟行）を毎号楽しみにしているらしかった。

和風はしみじみと露月に語りかけた。

「『越の穂草』が『俳星』の再刊を飾って良かったですね。俳誌として『ホトトギス』に次ぐ詩歴を刻めるのは『俳星』をおいて他ないからね。露月君の俳論は分かりやすいし、芭蕉論としても興味深かった」

和風の言葉を聞いて、露月は深く励まされる思いだった。

気が付くと、窓の外には粉雪が舞っていた。白い雪が庭の植え込みの闇に次々と吸い込まれていく。その様子を露月は身を固くして、じっと見詰めていた。

第十三章　子規庵再び

第一節　京都慕情

大正二年六月二十一日、妙心寺の俳人遠山麦浪《とおやまばくろう》（含翠《がんすい》）が山廬を急襲した。文字通りの突然の来訪であった。東京で催された仏教大会への参加を取りやめてきたというのだ。もっとも麦浪からすれば、昨年、富山高岡まで遊吟した露月について、京都勢の小蛄《しょうこ》・蓼江《りょうこう》・三幹竹《さんかんちく》から露月の懐かしい消息を聞き、たまらず山廬を訪問したのであった。

露月の畿内伊勢の旅のルートを巡って、東京ルートか京都ルートか関係者の関心事になっていた。

麦浪は、大津市の坂本口で登山電車を利用して叡山を越え、京都に入るコースを勧めた。

遠山麦浪は岐阜県生まれで、臨済宗大本山妙心寺に学んだ俳人である。大正五年夏、「俳星」休刊中に発行されていた「三峨」を通じて露月を知り、「私の一大発見」と喜び、生涯通じて俳句を学ぶべき師は露月、とした人だった。

麦浪が露月に魅かれた点は、露月の人の心を射る文章と卓越した見識、俳句の非凡さ、人間的懐かしみ、何よりも山中に閑居《かんきょ》して名利《みょうり》を求めず、しかも俳壇に睨みを利かせる生き方であった。

露月の前に端然《たんぜん》と座る剃髪《ていはつ》の麦浪は、目の前の露月から全てを学び取ろうとする気持ちが滲み出ていた。時には僧衣の中に腕組みし、熟考の上、言葉を発した。明治十四年生まれで露月とは八歳の開きながら、観察眼に蓄えられたものがあることを露月は感じ取っていた。

山に上る僧俗二人夏の露　　露月

九月十六日、東京の吉田冬葉《とうよう》が木下蘇子《そし》を伴い、野分の猛雨を冒して来庵した。露月の上京の折の打ち合わせだった。冬葉も蘇子も露月には初対面だった。「冬葉が蘇子を伴う」としたが、慶応二年生まれの蘇子は、露月の七歳年上の和歌山生まれの人であった。鉄道事業に成功し、関東大震災などの多難を乗り越え、鉄道、土木関係を中心として意欲的な出版活動を続けていた。俳句は大須賀乙字に師事。「獺祭《だっさい》」の同人であった。

明治二十五年に岐阜に生まれた冬葉は露月と二十年近い年齢差だったが、創刊（大正十四年）から間もない「獺祭」を通じて注目された俳人で、季節感と生活感の境涯を詠う自然観照の句風に露月は親しみを抱いていた。

「東京駅にて籾山梓月《しげつ》、中村楽天などと子規門下の人々がお待ちします。まっすぐ根岸庵に向かって、律さんにお会いし、大龍寺で子規さん、青山墓地にて鳴雪翁をお参りした後、蘇子荘にお泊りください。『超越』や『奥羽調』について露月先生囲んで語り明かしたいと皆、首を長くして待っております」

と、蘇子と冬葉は熱っぽく語った。酒と旅を愛した者同士の杯のやり取りは遅くまで続いたのであった。

中村楽天、籾山梓月について、露月には懐かしくも大切にしていた思い出があった。

楽天は子規庵での句会の常連組であったし、籾山は露月に句集出版を熱心に勧めてくれた人である。籾山俳書堂の経営者として「露月句集」の刊行を願い、明治四十二年、大正十五年と二度も女米木に社員を派遣してくれた人でもあった。

明治三十八年、高浜虚子から俳書堂を譲り受けた籾山は、内藤鳴雪や高浜虚子、河東碧梧桐の俳書にとどまらず、森鷗外や夏目漱石、谷崎潤一郎、島崎藤村、萩原朔太郎、泉鏡花などの文芸出世作を次々と世に出し大出版社に成長させていた。

籾山は露月を売り出すことに自信があった。「露月句集」が露月の生前に籾山の手で編まれていれば、俳人露月の評価は違った展開をみせたかもしれない。

いよいよ畿内《きない》伊勢の西遊吟行の旅立ちとなった。十月三十一日午後、露月は秋田市に出て、凡化と高瀬宅（仙果熟處《せんかじゅくしょ》）に一泊した。凡化は体調優れず気乗りしなかったが、蒓江、凱風が相次いで辞した段階で露月、五空二人だけの旅を心配したコト（露月の妻）の強い要請を受けて同伴となったのだった。なお、五空は大正十三年から五工を五空と名乗るようになっていた。

十一月一日、秋晴れの秋田駅に能代から五空、左木《さぼく》が合流した。駅頭には村山凱風、貝塚静薫、地主千嶽と佐々木左木の両親の見送りの姿があった。十九歳の息子を気遣い、二十世紀梨を差し入れる親の姿は微笑ましかった。羽越本線の列車は静かに駅を発した。京都、吉野、大阪、嵯峨、伊勢、東京と帰庵まで都合十日の旅程で、露月には二十八年ぶりの京都であった。

彼の目に映る車窓には、稲の刈跡に萌え出た緑の芽の穭《ひつじ》が細々と続いている。鳥海山から吹き下ろす晩秋の烈しい風に晒されている荒涼とした景である。そうした風土の厳しさに、衒《てら》うことなく挑もうとする露月の眼差しがあった。

穭細く鳥海の裏おろす風　　露月

深夜、高岡駅では山口花笠が出迎えてくれた。それは数分間であったが、露月には大事な時間だった。というのも昨年の北越佐渡吟行で花笠の家に旅装を解き、お世話になっていたからである。京阪方と出羽方の各々三人が、大きな蚊帳二張《ふたはり》に分かれて寝た、あの折の楽しいひとときについてお礼を述べることが出来た。露月が花笠と言葉を交わしている間、凡化と左木は秋田の銘酒「瀾漫」で酔い潰れたままであった。

花笠は子規没後、碧梧桐に随いて新傾向に転じたが、のちに定型に戻り、「ホトトギス」に投句して「懸葵《かけあおい》」にも参加。北越俳壇に重きを成していた。露月のお礼の言葉に、「とんでもありません」と謙虚に応える花笠の物腰には、雑貨商を営む近江商人の柔らかさがあった。

一行はケーブルカーで叡山《えいざん》を越え京都に入った。夜、花園妙心寺に内泊。翌三日、東本願寺枳殻《きこく》邸の俳句会と記念写真の撮影に臨んだ。枳殻（からたち）の植わった邸内の庭、池泉に映る書院や茶室、渉成園《しょうせいえん》は秋の光の中で、爽やかな風を受けていた。その中で三幹竹、麦浪、そして高田蝶衣《ちょうい》が何かと世話をしてくれた。蝶衣は首長く背の高い、前方を射るような目が印象深い俳人だった。

彼は「懸葵」で既に重きを成す存在であった。が、その辞は低く、自らの作品を「雲蹤」に採用してもらう場合、必ず露月の選を経た上でお願いするという態度を貫いていた。また、彼は淡路の人だったが、長く神戸に住んだ関係もあり、柔らかな関西弁だった。

京都俳星会が「青雲」の露月選評をテキストに「句を見る、句を解する」修養を始めていた。その上で、さらなる露月の助力を求め、精神的な期待を込めているということも露月にはよく分かった。

翌日、吉野を指して出発した露月一行を京都駅に見送った蝶衣は、露月と対面できた深い感動を三幹竹にしみじみ語ったのだった。

山焼の燧袋《ひうちぶくろ》も古りにけり　露月

第二節　尽きぬ感慨

十一月八日早朝、露月一行は東京に入った。東京駅に庄司瓦全の出迎えを受け、二重橋畔で宮城を拝してから日比谷公園を散策、近くで朝食後、吉田冬葉・戸嶋露十らと合流して根岸へ向った。

根岸周辺は、昔とは別世界のようだった。かつて金沢藩の江戸屋敷跡の根岸は豊かな緑に覆われていたが、今は人家がひしめいている。

子規庵だけは昔と変わっていないように思えた。

「お頼みィ」

玄関先で、露月は大きな声で挨拶した。

「お頼みィ」とは伊予の俳句仲間の挨拶なのだが、とっさに露月は三十三年前にタイムスリップしてしまったらしい。

依然のままの庵の構えに露月は勇気づけられた。八畳客間、その左手の南面六畳、玄関脇に三畳と四畳半の部屋があり、玄関と書斎は筒抜けで少しも変わっていない。

障子が開くと、そこに律の顔が現われた。

「あっ」

と言ったきり、顔を赤らめて玄関先に立ち尽くす二人。

すると、

「いま、たれが来ておいでるのぞい」

と子規の声が聞こえてきそうだった。

露月は子規の書斎に通された。小庭の眺めは昔のままではなかったが、糸瓜を見つけると、三十年前がどっと蘇《よみがえ》った。

糸瓜見る因《ちな》みに憶ふ三十年　　露月

――元をただせばこの部屋が、私の始まりだったなあ。

律が出してくれたお茶をご馳走になりながら、露月はしばし感慨にふけった。

小休後、一行は律の案内で田端の大龍寺の子規の墓へ向かった。初めての墓参なのに、何度か来たような錯覚に捉われ、露月は不思議な感慨に襲われていた。墓には五月に死去した母・八重の新しい卒塔婆があった。露月は子規の墓に額ずき、深く溜息した。そして一句を献じた。

木葉ふるや掃へども水そゝげども　　露月

露月にとって三十二歳の子規が、今でもそのままでいるのだった。

子規の墓前に手を合わせる露月、その傍で花を手向ける律。二人の後ろ姿を、同行の佐々木左木《さぼく》が深く感じ入った様子で眺めている。

実はさきほど子規庵を訪ねた折の露月と律の対面のありさまに左木は尋常ならざるものを感じていた。十九歳という多感な年齢を考えるとやむを得ないことだが、左木は終生この一事を忘れることはなかった。

確かに露月と律の心には何人《なんぴと》にも分からない感情が流れていた。それは「子規の真実」を守ろうとした者同士にしか分からない響き合いといえた。

俳人・正岡子規の没前後に襲った子規賛美の大合唱と、掌を返したようなバッシングの嵐。それに毅然とした態度で処した律を露月には瞬時に看取できた。

一方、病苦呻吟の兄・子規の病気見舞いにも訪れず、葬儀にも欠礼し、その後の仏事にも距離を置こうとした露月を律は諒としたのだ。

昼食後、露月一行は青山墓地に鳴雪翁を詣でた。鳴雪が自慢の顎髭《あごひげ》を揺らしながら、ゆったりと、

「やっとおいでなすったナ、そぢゃけん、ちと遅いぞナ」

そう声を掛けてくるようだった。

超脱飄逸《ちょうだつひょういつ》な鳴雪の人柄を偲《しの》び、露月は一句を供えた。

一勺《いっしゃく》の酒そゝぐべき落葉哉　　露月

長女ツハ遺稿集「子鴉《こがらす》親鴉《おやからす》」のタイトルは、鳴雪翁の弔句「冴へ返る夢や子鴉親鴉」からだった。

長兄菊夫遺稿集「桑弧《くわのゆみ》」もやはり鳴雪翁の弔句「明易や夢又夢の桑の弧」からいた

だいたものであった。露月の中に鳴雪翁が深く宿っていた。しばらく鳴雪の墓前から離れられない露月だった。

第三節　一夢と消えし

翌十一月九日、子規墓参を果たした露月らは、東京荏原《えばら》町戸越の木下蘇子庵に移動した。籾山梓月、中村楽天等、かつて子規庵で同座した懐かしい人々十七、八人が集まった。梓月の旧姓は吉村、本名は仁三郎。江戸庵とも号した。楽天は、兵庫県出身、本名は中村修一である。

句会の前に、木下蘇子荘前の芝生で記念写真を撮った。前列の椅子には露月を中央に右に楽天と庄司瓦全。左に籾山梓月《しげつ》と木下蘇子が座った。吉田冬葉や秋田からの戸嶋露十、佐々木左木、加藤凡化含めて若手十人が、それを囲むように収まった。

慶応元年生まれの老年の楽天はやや傾き加減に写った。一つ違いの慶応二年生まれの蘇子は懐手にやや不満そうに写っている。この日の蘇子の胸中を反映したかもしれない。

碧梧堂は四国に旅し、虚子は鎌倉にあり、ここに会し得ないことを皆が口々に残念がった中に、蘇子が、

「『ほととぎす』創刊時の楽天さんや子規門下四天王の露月さんに申し訳ない」

と憤懣《ふんまん》を露わにしたからだ。子規没以降の無沙汰を詫びる鎮魂の旅でもあった露月にも、碧梧堂、虚子の不在は心残りであった。

この日一同は武蔵野の景を満喫し、夜は蘇子庵に宿し「落葉」の句を作り合った。

籾山梓月は沈着温和上品な人であった。初対面の露月に、

「ワシの句は東京下町風の懐古趣味だが、露月さん句の格調の確かさ、抒情の豊かさに魅かれております」

と語り掛けた。噂の通り、言葉も態度も礼儀正しい人だった。

集まった俳人は一句ずつ書画帳に物し、それを懐に、上野駅を出発した。炎天・五空は京都で別れ、左木は東京にとどまり、露月と凡化のみ帰途についた。

露月は旅行記を、

「十一月十日、帰宅後一浴し、一酌し、一睡す。覚め来れば江山故《もと》の如し」

と締め括った。

草枯や一夢《いちむ》と消えし都の灯　　露月

宿願であった子規墓参を果たした露月。帰郷した露月の胸に蘇ったのは、圧倒的な日常への回帰であった。

帰りつけバ妻ハ大根を引了《おわ》る　　露月

第十四章　君を訪へば

第一節　鮎の瀬音

昭和三年、東北一帯に冷害・飢饉が襲った。加えて、この年は明治四十年以来の大干魃《かんばつ》となった。一月二十八日、露月は女米木の産業組合の総会で「部落ノ前途ノ光明」をテーマに講演した。

――わずかの光明でも見逃さず語りたい。

そう露月は思った。というのも、小作料未納による小作地転貸《てんたい》問題で裁判所の裁定が後を断たず、村全体が打ちひしがれていたからである。


凩に昼行く鬼を見たりけり（明治三十九年）

露月の胸には、いつもこの一句があった。凩《こがらし》に向かって少し前屈みに歯をくいしばって歩く人のこわばった顔は鬼の形相であり、蓑をつけ頭に被りものをしていれば「なまはげ」そのものだった。露月は農に生きる人の心に棲む鬼を感じ取っていた。

組合総会にはどてら姿の農民が一番乗りにやってきた。そして、

「一石二斗《いっこくにと》の小作料では、間に合わネ」

と訴えた。

「一石二斗」とは田んぼ一反歩の小作料である。豊作時でも一反歩から収穫できる米は一石五斗がぎりぎりで、冷害・飢饉時には籾殻も無かった。すると、会場の真ん中辺りから、

「飯米の小作料が高《た》げくて、飯喰《まま く》えねデ」

の声が上がった。六月に地主から借りた三斗入りの俵に、九月には三斗五升入れて返さなければならなかったのだ。

もともと産業組合は露月の発案で、村長や村議と図り、大正十一年十一月五日に設立されたものであった。村民の生活安定を策し、貸し付け利息を低利に抑える一方、生産地との直接取引できる物品は、秋田市の商店よりも低価格な品を提供し、山間村落でありながら百貨店の形態までに拡張させていた。女米木の産業組合は県内でも四本指の最優良の組織に成長していた。

だが、その女米木村でも飯米の年間所有者が僅《わず》か十六戸で二割に満たない困窮状態にあった。

露月が講話で「前途ノ光明」と指摘したのは青年たちのことであった。というのも隣村・大正寺村青年団が昭和改元の御大礼《ごたいれい》（昭和天皇即位）記念事業として竹の花運動場の整地整備と青年団の団歌・団徽章《だんきしょう》を制定し、加えて大正寺郷土芸術振興会による郷土の民謡「大正寺節」の復活が伝わってきたからであった。しかし、露月が意を込めたのは他村を引き合いにすることではなかった。

こうした周辺村落に影響をもたらしたものこそ、十五年前の大正改元時に女米木青年団がいち早く青年団法三章と団歌を制定し、鷹の公園の築庭に着手した先見性で

あったことを語りたかったのだ。露月は一人一人の表情を見詰めつつ、

「いつの時代にも困難はあり、その困難に真っ向から立ち向かう人こそ、『希望』でねべが……」

と、語り始めた。産業組合の会合がそのまま小作料減免の決起集会にはならなかったが、そこにはいつでも自由なやりとりのできる雰囲気があった。

人知らぬ鶯聞くも山の幸　　露月

久しぶりに露月に心和むひとときが訪れた。五月十三日、能代で開かれた全県俳句大会に出席した露月は、熱い歓迎を受けた。背後に俳誌「俳星」の再刊があった。

大正十五年十月、それまで秋田市馬口労町から発行していた俳誌「雲蹤」を引き継ぎ、発行所を能代に移しての明治版「俳星」の再スタートだった。

明治八年生まれの五空は露月より二歳下だったが、体調を崩していたこともあり、かつての精悍《せいかん》さは影を潜めていた。五空五十三歳、露月五十五歳である。なお、露月にも体調上不安があった。五月二十七日、左半身に知覚異常が生じていたからだ。

「俳星」創刊時は露月も五空も二十代であった。二人は五空秘蔵の銘酒で控え目に

喉を潤した。

――「俳星」再現を北涯・碧・一堂・江南之霊に詫《つ》ぐことができてエガッタな。

露月はしみじみ思う。故人となった「俳星」創刊時の佐々木北涯、平川碧、納谷一堂、佐藤江南へ崇敬の思いを込めることができたからだ。

鮎川の石に馬蹄《ばてい》を轟《とどろ》かす　　露月

お盆過ぎの八月二十二日、露月と五空は山本郡粕毛《かすげ》の峡《かい》に遊んだ。そこには白神山地から流れ出る、鮎で知られる藤琴川と粕毛川の二つの清流に沿って米代川に注ぐ渓流の景観があった。吟行に同行したのは京都の俳人・名和三幹竹《なわさんかんちく》である。

三幹竹は山形県河北町の真宗大谷派の寺に生まれ、句仏上人の主宰する俳誌「懸葵」の編集に携わり、露月の銀婚祝いに「永寧集《えいねいしゅう》」を編纂（大正十五年）した人である。

素波里渓谷《すばりけいこく》探勝の吟行は地元若葉吟社による招聘《しょうへい》であった。主催は俳人・穂波《ほなみ》である。穂波は本名を安保小市郎といい、米田小学校の元校長であった。

穂波は三十九年間、米田小学校の教職員だったので、送り出した師弟は千人を超えていた。夜学会や青年団活動などで村の厚生に力を尽くした人でもあった。頬には幾重にも深い皺が刻まれていたが、精悍な顔立ちは生涯青年のそれであった。

君を訪へば年魚《あゆ》の瀬音《せおと》の高まさる　露月

「君を訪へば」の君は穂波を指す。明治元年生まれの穂波は露月の六歳年長だが、謙虚な人だった。小学校校庭の樹木は嘗て穂波が手栽《てさい》したのであった。

第二節　自然の不意打ち

九月五日に妻コトが甥の山彦を同伴して北海道に遊行すべく出発したが、この日が二人と露月との今生の訣《わか》れになるとは思いもよらないことだった。

十日、快晴の中、露月は馬にて隣村・新波《あらわ》で雑貨商を営む森川長蔵を往診した。羽越本線の全線開通で物資の流通が鉄路に移ったとはいえ、往来はまだ賑わいを見せていた。露月は久しぶりの新波街の賑わいに触れ、行き交う人々と挨拶を交わした。あ

ちらからも、こちらからも、

「露月だ！」

「あ！　露月先生だ」

との声が掛かる。

露月の表情には満たされたものがあったが、実はそうした声を聞いてのことではない。子規への懸案の一文を草した直後であったからだ。井上亀六《かめろく》（藁村《こうそん》）が社主を務める「日本及日本人」の子規特集号への執筆依頼があり、露月は「蜩を聴きつゝ」の一文を投函していた。

明治三十五年一月の子規からの絶筆に触れた一文は、露月の子規への弔辞といえるものだった。

社主の井上は大分出身で、「日本」新聞で古島一雄、長谷川如是閑《にょぜかん》、丸山幹治らと活躍した辣腕《らつわん》記者だった。明治三十九年、編集方針の食い違いで退社後、政教社へ移り、同社発行の「日本及日本人」の社主となり、雑誌の赤字を克服した人であった。

露月は「日本及日本人」秋季特集号を見ることなく逝去した。秋季特集号が露月の死の翌日に発刊されたからである。その日は子規の命日であった。

九月十八日、村の小学校で、鈴木福松校長の転任送別式があり、露月も出席した。露月が出掛けた後の書斎の机上に置かれた日記帳には、

雨　鈴木前校長送別会

と一行書かれていた。

午前に式が終わり、午後、露月は小雨に濡れた花壇の秋草などを賞美した。桔梗《ききょう》、藤袴《ふじばかま》、女郎花《おみなえし》などが輪を描くように整然と植わっている。

送別の宴に入った。

露月はそこで挨拶を述べることになり、

「別に送別でもないが、感想を述べます」

と前置きし、先日山本郡粕毛《かすげ》村の素波里《すばり》に遊んだ折の米田小学校と穂波老のことを話した。小学校の校庭に沢山の樹木が繁茂していたこと、それは四十年も奉職した校長時代に植えられたらしいことを述べた後で、

「木は一年にして大木になれないと同じく……」

と言って、左手で右の頭上をちょっとさすった。さらに、

「教育も一年や二年で、その効果は決して、あらわれるものではない……それはそれとして、最近学校の教員がしきりに変わる。当局の初等教育方針は如何なるものかは知らないが、教育は機械ではない……」

そこで露月は、再び左手で右の頭上をさすった。

「あの諸越の秋田蕗の葉が出来るように、機械では教育が……」

この時、両手で頭を押さえ、

「だめだ」

と低い声で言いつつ、顔色が急にまっ青に変わった。そして中腰になった。人々は驚いて駆け寄った。

露月は、

「頭を押さえ、冷やしてくれ」

と言い、それから次第に意識を失った。

その夕刻七時五分、五十六歳をもって露月は永眠した。自然の不意打ちとでもいう

べきものであった。

雨はいつの間にか土砂降りに変わっていた。

第三節　糸瓜忌《へちま》に一日早き

ぬか星のいくつこぼれし花野かな　露月

露月の死の九日前の一句である。

露月の突然の逝去は、門人たちに衝撃を与えた。島田五空が八森の十六夜《いざよい》吟社の会吟を辞して雨の中を能代に帰ったのは、九月十八日の午後。翌日の子規二十七回忌を営むためであった。五空は次のように書いた。

衣を更へ自動車の疲労も癒《いや》せぬに、四時半頃一通の電報は机上《きじょう》に落ちた。初めは一寸判読し兼ねたが、〈露月先生　午後三時　脳溢血人事不省《じんじふせい》に陥る〉と解し得るに及んで、暫《しば》しは茫然自失《ぼうぜんじしつ》となり、家人《かじん》に怪しまるゝ程であった。

九月二十一日の葬儀当日、葬列の先頭には「俳星社」の白絹の旗がかざされた。その後を蒓江は句稿を、凡化は文具を、蕾児は墨蹟《ぼくせき》短冊を、文舟《ぶんしゅう》は弔句を持ち従った。午後一時半、白たすき姿の七十人ばかりの青年団員に担がれた柩《ひつぎ》が山門を出た。玉龍寺境内には小学生や、本堂に入れなかった会葬者で溢《あふ》れた。

導師の天徳寺住職をはじめ十人ばかりの僧の読経の後、弔辞弔文が続き、最後に門人を代表して五空が弔辞を述べ、凡化が虚子をはじめ数百の弔句を奉読した。虚子の弔句は子規を意識したものであった。

糸瓜忌に一日早き南瓜佛《かぼちゃぶつ》　　虚子

糸瓜は子規、南瓜は露月の謂《い》である。数日遅れて紅緑からの次のような弔辞が届いた。

弔辞

露月君　今一九日は亡師の命日である。僕は庭前の糸瓜《へちま》を眺めて追悼に耽《ふけ》った。亡師を懐《おも》へは必ず君を懐ふ。蓋《けだ》し君と僕とは卓を同うして筆硯《ひっけん》を共にしたと同時に亡師傾倒して同じうして俳を学んだ兄弟の間柄である。

顧《かえりみ》れば我等青衿《せいきん》の時相語《あいかたり》て曰く現代の学者以て師とするに足るものなし。其人格の高邁《こうまい》学識の豊富我等が就いて学ぶべきものは只子規先生あるのみと。我等一生の航路は実に此時に出発した。亡師在世の時露月を言へハ必ず紅緑を言ひ紅緑言へハ必ず露月を言ふ。君東都を去た時根岸庵はどんなに淋しかつたらう。僕亦た地方に赴《おもむ》かんとした時亡師病床に筆を執《とっ》て曰く、

冬がれの紅緑も京を去らんとす　子規

其前書には「露月故郷に帰る」と記された。

君が弘前に於ける弊廬《へいろ》を訪ね時二人は記念写真を取て亡師に呈した。亡師短冊《ぼうしたんざく》に怙《こ》

う書いて僕に郵送した。

露月　紅緑の写真を見る。露月は黒き鬼灯《ほおずき》の如く、紅緑は白き唐辛子《とうからし》に似たり。

秋の色赤き糸瓜を画にかゝむ　子規

此に於て僕来年を期し君と十和田湖に遊はんの計画を立てる。豈料《あにはか》らんや今日君が訃《ふ》を聞かんとは。首を掻《か》き悶々《もんもん》すれども及ばず。逝くものは心安からんとも遺《のこ》れるもの、悲しみを如何《いかに》にしやう。

君あればこそ先師没後の俳壇羽後の一角に餘風を存したのである。秋風一過あまりに淋しい事ではないか。

君の逝くや丁度亡師の命日の前日である。蓋《けだ》し宿縁浅からさるものか、思いを白雲に寄せて君が霊を弔ふに千言尽くるを知らず。惆恨《ちゅうこん》として此文を綴る。冀《こひねがは》くハ享《う》けよ。

糸瓜咲いて思ひ出更に加はりぬ　紅緑

昭和三年糸瓜忌の日

辱知《じょくち》　佐藤　紅緑

今しも夜が明け、朝を迎えた罌粟《けし》の花は、露を含んで涼しげに咲いていた。それは露月のいなくなった高尾山のいつもの風景だった。

露涼し夜と別るゝ花の様《さま》　露月

「蒼天《そうてん》、蒼天」と、高尾山のどこからか露月の声がする。足元には露月がかつて、その成長を確かめるように土をかけてやった杉苗がたくましく育っている。北西には日本海が大きくうねり、男鹿半島が間近に迫る。南には鳥海山がそびえ、保呂羽山《ほろはさん》へと続く修験の道が点在する。

子規は死の一カ月前，門下に次のようなメッセージを送った。

君は自ら率先して君の村を拓かねばならぬ。一家の私事で忙しいと言うような能無しでは役に立たぬ。

一村の開発を説いた子規のこの遺訓を、露月は座右とした。

露月の声が一陣の藍色の風にまぎれて聞こえてくる。

――北方の自然に感ずる心の響きを一句に出来たか。

――病む人、貧窮に苦しむ人を励まし得たか。

――仁者は山を楽しむというが、真の仁者になり得たか。

と。

雄物川の東面、眼下の秋田平野に広がる稲穂の波。川を隔てた横雲にサッと茜が挿し始めた。

（完）

主な参考文献（五十音順）

相澤金次郎『郷土の落葉かき』全十輯（私家本・昭和四十三～五十三年）
『赤川菊村　文化史の道』（刊行会・平成十三年）
『秋田県史年表』（秋田県広報協会・昭和四十一年）
『秋田市史年表』第一七巻（秋田市・平成十八年）
家永三郎『日本の歴史』通巻（ほるぷ出版・昭和五十四年）
石井正作『秋田の先覚2』（秋田県・昭和五十四年）
『石井露月日記』（刊行会・平成八年）
『石井露月日記原本電子化集』（露月会・平成二十七年）
『石井露月著作集復刻版』（復刻委員会・平成八年）
石田冲秋「露月折々」一～五六（「俳星」平成二十二～二十七年）
伊集院静『ノボさん』～小説正岡子規と夏目漱石～（講談社・平成二十五年）
伊藤義一『天地蒼々』（秋田魁新報社・平成二十六年）
川上富三編『克己』私註　下（平成二年）

河東碧梧桐『三千里』上・下巻（講談社・昭和四十八年）
加賀谷一雄『露月の俳論と俳句の研究』（秋田俳句懇話会・昭和二十六年）
北　篤『正伝 野口英世』（毎日新聞社・平成十五年）
工藤一紘『俳人・石井露月』（無明舎・平成二十三年）
児玉正『俳人　佐々木北涯』（かまくら春秋社・平成二年）
『子規全集』全二二巻（改造社・昭和五年）
『子規全集』第十五巻俳句會稿（講談社・昭和五十二年）
島田五空『有用無用』（俳星社・昭和八年）
田口勝一郎『近代秋田の地域と民衆』（みしま書房・昭和六十年）
田口勝一郎『秋田県の百年』（山川出版社・昭和五十八年）
千葉三郎『俳星明治版の軌跡』（熊谷印刷・平成十四年）
『戸米川村誌』（戸米川村誌編纂集員会・昭和三十一年）
鳥越碧『兄　いもうと』（講談社・平成十九年）
『野口英世書簡集Ⅳ』（記念会・平成十八年五月）
能登谷幸夫「露月の時代」（『きたのかたりべ』・平成七〜八年）
「俳星」平成十七年十月号〜平成二十六年六月号

『俳星句集』文章編（俳星社・昭和六十）
『白虹・露月号』九月号（まるこ吟社・明治四十一年）
福田清人『俳人　石井露月の生涯』（講談社・昭和二十四年）
松本皎「文人国主・露月石井祐治」（「俳星」九月号・平成二十年）
『松山子規辞典』（松山子規会・平成二十九年）
『米女鬼』通巻（女米木文芸協会・昭和五十一～平成二十九年）
「女米木小学校沿革史」（戸米川尋常小学校・大正十五年）
『米女鬼』バックナンバー（女米木文芸協会・昭和五十一年～）
山上次郎『子規の書画』（二玄社・平成二十二年）
『露月宛書簡集1』（露月会・平成二十五年）
『露月句集』（青雲社・昭和六年）
『露月全句集』（秋田市立雄和図書館・平成二十二年）
『露月文集　蜩を聴きつゝ』（文泉堂書房・昭和十年）
和田克司『子規の一生』（増進会出版社・平成十五年）

工藤　一紘（くどう・かずひろ）
　１９４４年　中国山西省太原生まれ。秋田商業高校、秋田大学教育学部卒。秋田和洋女子高校教諭、秋田工業高等専門学校講師（非常勤）を歴任。秋田市雄和在住。
　著書に『高校生と民俗芸能～継ぐ・伝承・交流・出会い』（秋田ほんこの会・２００６年）、『秋田・反骨の肖像』（イズミヤ出版・２００７年）、『俳人・石井露月』（無明舎・２０１１年）。共著に『秋田県多喜二祭の記録』（秋田文化出版社・１９８３年）、『「種蒔く人」の潮流』（文治堂書店・１９９９年）、『〈文学〉としての小林多喜二』（至文堂・２００６年）。共編著に『読本　秋田と小林多喜二』（刊行会・２００１年）、『小林多喜二・生地からの発信』（刊行会・２０１７年）。編著に『石井露月日記』（刊行会・１９９６年）、『赤川菊村　文化史の道』（刊行会・２００１年）。

【主な受賞歴】秋田市文化章、秋田県多喜二祭賞、山下太郎地域文化賞、歯車賞
【所属俳句結社】あかね、超雲吟社、大正寺句会、句友
【所属団体】日本民主主義文学会、石井露月研究会、日本近代文学会東北支部、あきた郷土芸能推進協議会、秋田県多喜二祭実行委員会、秋田県歴史研究者研究団体協議会、秋田近代史研究会、秋田歴史研究会、雄和ガイドボランティアの会、雄和古文書解読講座

あとがき

あとがき

平成二十九（二〇一七）年は子規生誕百五十年、露月没九十回忌の年であった。石井露月は、子規門下四天王の一人として、近代俳句の生成期に独特の位置を占め、明治、大正、昭和の秋田の近代文学に息吹をもたらした俳人である。医師として明治大正期の伝染病の猛威と格闘しつつ、病む人を診てまわり、貧窮に苦しむ人を励まし続けた。

また、ようやく育て上げた子を次々と奪われながら、孤独の中にひたむきに自己を掘り下げ、北方の自然に感ずる新鮮な感覚を形に、独特の俳風を深めた。

『石井露月日記』（平成八年九月十八日）の原本は昭和十年十二月、焼禍に遇い、約半分が焼失した。それ故に「小説」として蘇らせる可能性を秘めた生涯といえた。

近年、『露月全句集』（平成二十二年三月）、『露月宛書簡集』（平成二十四年九月十八日）が編まれ、『露月日記』『子規全集』とクロスさせることで、露月はもちろん子規の内面をも照射する条件が生まれた。

石井露月研究会はそれらをテキストに、「露月俳句鑑賞講座」〈Ⅰ期、Ⅱ期〉（平成二十一年三月〜二十六年七月）、「露月遺墨鑑賞講座」（平成二十七年六月〜二十八年十二月）を開催し、露月研究家・伊藤義一氏の解説で露月俳風の飛躍のプロセスを深めることが出来た。

本書を成す上で多くの資料を参考にしたが、主な参考文献は別掲で示した。

本書の初出は日本民主主義文学会秋田支部誌「海風」五号（平成十六年九月）「秋風万里」だが、まもなく「俳星」誌に十年余にわたって「いのちの花」（平成十七年十月号～平成二十七年六月号）のタイトルで連載の機会を得た。

連載中は元「俳星」編集長のち元主幹の石田冲秋氏より懇切な閲をいただき、千葉三郎氏をはじめ少なからぬ作家や研究家の方々から率直なご教示ご指導をいただいた。また、本書の上梓にあたっては、企画構成の段階から秋田魁新報社の大和田滋紀氏にお世話になった。ここに深甚なる感謝を表し、擱筆としたい。

平成三十年　初夏

工藤　一紘

【表紙カバー】

清水　香織（しみず　かおり）

グラフィックデザイナー。秋田市生まれ。秋田公立美術工芸短期大学（現秋田公立美術大学）でグラフィックデザインを学び、卒業後は数社でデザイナーとして経験を積む。2014 年から秋田市内のデザイン会社「株式会社プリッツプロモーション」にデザイナーとして勤務。

小説　露月と子規

著　　者　工藤　一紘
発 行 日　2018年7月8日　第1刷
　　　　　2018年11月15日　第2刷
発　　行　株式会社秋田魁新報社
　　　　　〒010-8601　秋田市山王臨海町1－1
　　　　　Tel.018(888)1859
　　　　　Fax.018(863)5353
定　　価　本体800円＋税
印刷・製本　秋田協同印刷株式会社

乱丁、落丁はお取り替えします。
ISBN 978-4-87020-401-0　c0193　￥800E